文春文庫

曙光を旅する

葉室麟

文藝春秋

曙光を旅する　目次

第Ⅱ部――先人を訪ねて

第Ⅲ部――苦難の先に

『曙光を旅する』関連地図

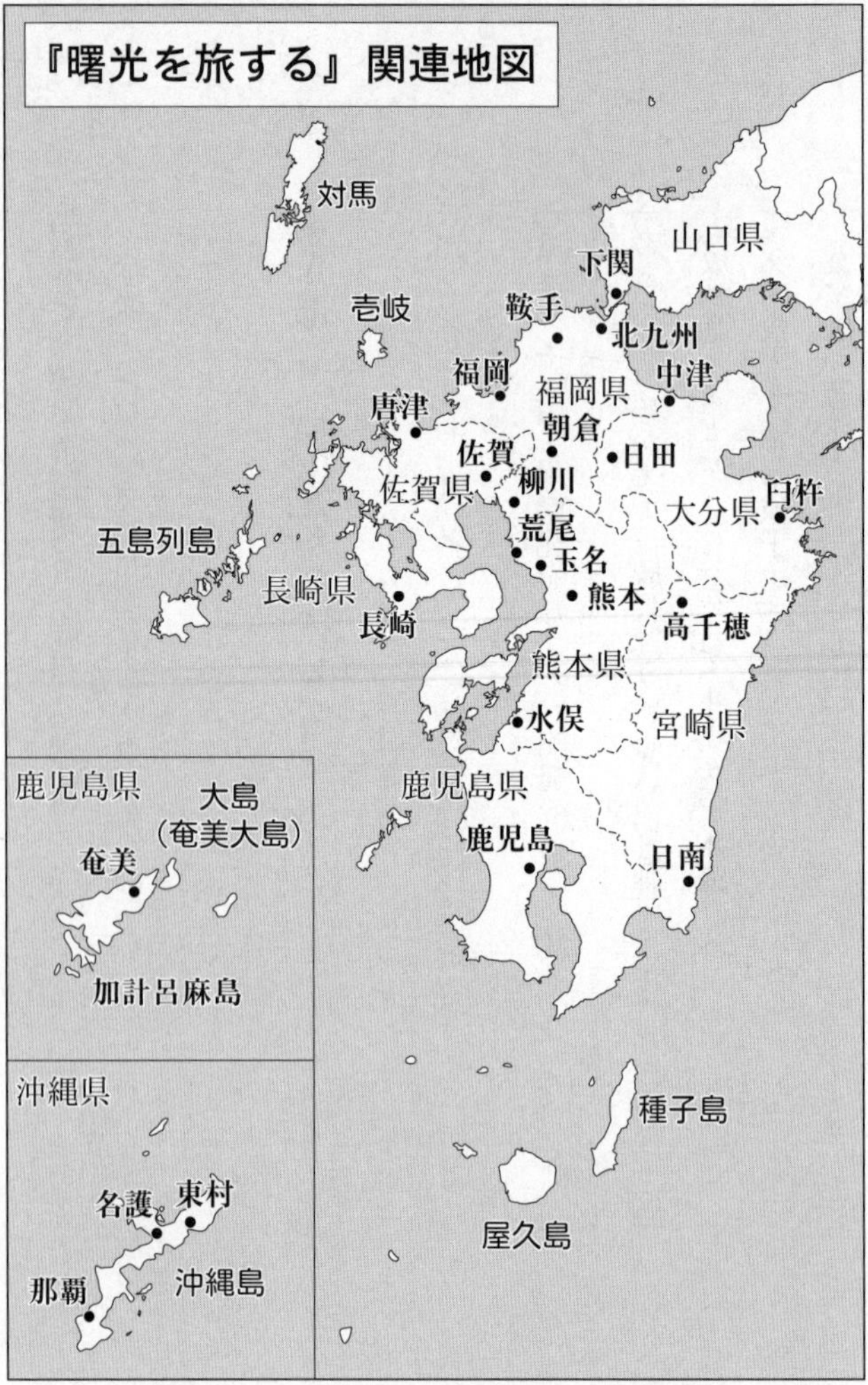

対馬
壱岐
山口県
下関
鞍手
北九州
福岡
福岡県
中津
唐津
朝倉
佐賀
日田
佐賀県
柳川
臼杵
大分県
五島列島
荒尾
玉名
長崎県
熊本
高千穂
長崎
熊本県
水俣
宮崎県
鹿児島県
鹿児島
日南
種子島
屋久島
鹿児島県
大島
（奄美大島）
奄美
加計呂麻島
沖縄県
名護
東村
那覇
沖縄島

曙光を旅する

【曙光】（しょ・こう）

①夜明けのひかり　②暗黒の中にわずかに現れはじめる明るいきざし（広辞苑）

「まだ輝いたことのない許多《あまた》の曙光がある。」リグ・ヴェーダ

ニーチェ『曙光』（ちくま学芸文庫　茅野良男訳）

旅のはじめに

時代に暗雲　詩人の出番

小倉（北九州市）

旅に出ようと思った。

遠隔地ではない。今まで生きてきた時間の中で通り過ぎてきた場所への旅だ。

北九州市小倉北区の手向《たむけ》山公園に上った。雨が降っていた。

手向山は標高76メートル、門司港と関門海峡、響灘《ひびきなだ》が一望できる。

正面には彦島、そして宮本武蔵と佐々木小次郎の決闘で知られる巌流島が見えるはずだが、この日は雨に煙り、水墨画のような島影があるばかりだ。

＊

肌寒い。少し震えながら、慶応2年（１８６６）7月、高杉晋作《たかすぎしんさく》率いる長州軍と小倉藩、熊本藩を主力とする幕府軍が激戦を展開した鳥越峠と忘言亭《ぼうげんてい》山を眺めた。

　樹木が雨に濡《ぬ》れそぼっているが特に変哲もない丘陵だ。しかし、この地で熊本藩の砲撃に苦しめられた奇兵隊は山を越えて突撃した。もし、将軍徳川家茂《とくがわいえもち》がこのころ急死し、小倉口の幕府軍総督だった小笠原長行《おがさわらながみち》が戦場を去る事態にならなければ勝敗の行方はわからなかった。熊本藩が撤退し、追い詰められた小倉藩は自ら城に火を放った。

　これが幕府の滅亡への岐路となった。

　ところで、手向山から眺める対岸の下関は近代日本にとって大きな意味を持つ都市だ。日清戦争の講和条約は下関で締結された。清国側の講和使節である李鴻章《りこうしょう》と総理大臣伊藤博文《いとうひろぶみ》や外務大臣陸奥宗光《むつむねみつ》との交渉は下関の春帆楼《しゅんぱんろう》で開かれた。
明治28年（１８９５）４月のことだ。
幕府の長州征伐の際、高杉が小倉を攻めた戦いから29年後である。
東アジアの島国に誕生した日本という近代国家は内戦からわずかな歳月の間に対外戦争を行っていた。

＊

歴史の流れは思いがけなく速い。

私がそんなことを考えたのは、かつて週刊朝日に連載された司馬遼太郎さんの歴史紀行『街道をゆく』のファンで、かねがね地方をめぐって歴史に触れてみたいと思っていたからだ。それも勝者ではなく敗者、あるいは脇役や端役の視線で歴史を見たい。歴史の主役が闊歩《かっぽ》する表通りではなく、裏通りや脇道、路地を歩きたかった。

出発の地として選んだのが、私が生まれた小倉だった。小倉に住んでいたのは小学校5年までだ。父親の転勤で福岡市に移ったが、今でも故郷と言えば、小倉のような気がする。巡り歩きつつ、雨を眺めていると、唐の詩人杜甫《とほ》（712〜770）が仕官を求めて貴人たちの宴会に顔を出した時の詩の結句が思い浮かんだ。

片雲頭上黒
応是雨催詩

片雲《へんうん》、頭上に黒し、応《まさ》に是《これ》、雨の詩を催《うなが》すなるべし、と読むのだろうか。宴の最中、空に黒いちぎれ雲がかかり始めた。もうすぐ雨となり、詩を作るように促されるだろう――という詩だ。

杜甫は雨が降れば、自分をアピールすることができる、と思っていたのだ。片雲、頭上に黒し、と口ずさみながら、この詩を時代に暗雲がかかる時は詩人の出番だ、と読み

替えてみたら、どうだろうと考えた。杜甫の詩「春望」は、

国破れて山河あり

という、よく知られた詩句で始まる。国とは単に国家のことではない。人々が生きていく支えとなる故郷のことだ。

私は詩人ではないが、近頃の世の中の流れを見ていると頭上に黒雲がかかる思いがするし、今にも降りそうな雨の匂いもかいでいる。

杜甫の詩を読み替えたいのは、時代を詠《うた》う詩人は、今でいうジャーナリストの側面も持っていたのではないか、と思うからだ。

我々は、どのような時代に生きているのか、何を喜び、何を悲しんでいるのかを告げたのが、詩人ではないか。詩を読み、人の心が動くとき、世界が変わる。今は、そんな詩人が求められている時代だ。

*

雨の中、子供時代を過ごした到津《いとうづ》の町を訪れた。懐かしかった。当時の家は無く、周

りの街並みも変わっている。

　私が住んでいた家は、玄関脇にイチジクの木があった。このあたりではないかと見当をつけるのが精いっぱいだ。

　かすかな記憶をたどって歩くと昔の電車通りの近くに古い市場があった。この市場のそばの貸本屋に通っていたことを思い出した。朝とはいえ、まだ薄暗いうちに起き出して貸本屋の前に立ち、ドンドンと戸を叩《たた》いていた。それほど新しいマンガが読みたかったのだ。

　市場のアーケードは当時でも珍しかったと思えるしっかりとした木造だ。見上げれば天窓からほのかな光が差している。子供のころ、同じ光を見たに違いない。

　時代の始まりは、曙光によって告げられる。

　これからの旅で過去であり、未来でもある風景を見たいと思っている。

【長州征伐】　幕末の元治元年（1864）と慶応2年（1866）、江戸幕府は倒幕派の拠点だった長州を2度にわたって攻めた。
　2度目の戦いでは、小倉藩を中心とした幕府軍は数では優勢だった。だが、動員された諸藩の間でも士気に温度差があり、新式の装備や戦術を採り入れた長州軍に各地で敗れ、将軍徳川家茂の急死を名目に撤兵した。これを機に幕府の威信は失墜。慶応3年（186

7）の大政奉還につながった。

葉室さんには幕末・明治維新を舞台にした作品が多い。高杉晋作は『春風伝』の主人公。『星火瞬く』『月神』『神剣 人斬り彦斎』にも登場する。長州征伐は『影踏み鬼 新撰組篠原泰之進日録』『蒼天見ゆ』でも触れられている。

故郷の小倉をゆく

第Ⅰ部

西国を歩く

木陰で執筆。沖縄県東村高江にて

防塁は知るや 不屈の士

元寇と「正気の歌」——福岡

「40年ぶりですよ」

正確には38年ぶりかもしれない。学生時代に暮らした福岡市早良《さわら》区の西新《にしじん》界隈《かいわい》を歩いていて、大学の1年後輩にばったり出会い、声をかけられた。卒業以来の再会だが、後輩は若々しい。私自身は、学生のころから随分変わったと思っているので、そう口にしたら、「変わっていませんよ」と言う。そうか、変わっていないのか、と思いながら母校の西南学院大学への道をたどった。このあたりのアパートに住んでいたのだが、跡形もない。

当時、地元の新聞社で校閲のアルバイトをしていた。夕方からの仕事だから、夜遅くになって木造2階建てのアパートに帰った。

*

ある夜、トタン屋根の外付け階段を上がって2階の部屋に入ろうとしたら、ドアの前に分厚い本が5、6冊、積み上げられている。『資本論』を書いた19世紀の思想家マルクスと僚友エンゲルスの全集だった。雨がしとしとと降っていた。裸電球の下にうずたかく積まれ、黄色く照らされる赤い装丁の本は不気味だった。

翌朝になって、後輩（再会した後輩ではない）がやってくると、本は自分が持ってきたが、留守なので置いておきましたと言った。日ごろから評論家の加藤周一の大ファンだと言っていた後輩は、マルクス・エンゲルス全集はもう読んだから、あげようと思ったという。なぜそう思ったのかは聞かずじまいになった。私は団塊の世代ではなく、大学紛争の時期は終わっていたが、余熱が残っていたということだろう。ともあれ、そんな時代だった。

*

大学のキャンパスに入ると、あらかじめ連絡していた大学職員の案内で大学敷地内に復元された元寇《げんこう》防塁を見せてもらった。

平成11年（１９９９）に校舎を新築する工事が行われた際に出土したもので、石塁とさらに１メートルの間隔で土塁がある二重構造になっているのが珍しい。石塁の高さは２・４メートル、土塁は１・３メートルある。

元軍の兵士が石塁を乗り越えても、さらに土塁で迎え撃てるということだろうか。

私の在学中は発見されておらず、見るのは初めてだった。防塁を造った当時の人々は、海を越えて押し寄せる元軍の姿を恐れとともに脳裏に描きつつ、懸命に石を積んだに違いない。復元された防塁がコンクリート造りの建物に囲まれているのを見ると、不思議な気がした。薄く苔《こけ》むした石塁はひんやりとした感触だ。見上げれば校舎の上に澄み切った青空が広がっている。

ところで元寇の時代は、わが国の幕末にも影響を与える。

元が漢民族の王朝である南宋を滅ぼすのは２回目の元寇の直前、１２７９年だ。このころ南宋の臣、文天祥《ぶんてんしょう》が元軍の捕虜となり、元の首都、大都（現在の北京）に幽閉されていた。

文天祥は20歳にして国家官僚登用試験の科挙を首席で合格したが、すでに南宋は元との戦いに敗れつつあった。

文天祥は元との戦いに転戦し、捕らえられても脱獄して各地でゲリラ活動を行い、再び捕らえられた。元の世祖フビライは文天祥の清廉と才能を認め、何とか助命したいと考えた。だが、文天祥は応じない。文天祥が生きている限り、南宋の遺臣たちの元への反抗がやむことはないとフビライは悟った。

1282年、文天祥は処刑された。享年47。

*

処刑を前に文天祥は自らの生き方を表す「正気《せいき》の歌」を作った。正気は、この世の根幹をなす正義という意味だろうか。文天祥は捕虜としての屈辱の中でもくじけず、変わらないのは自分の中に正気があるからだ、という。後半の一節に、

顧《かえりみ》れば此《こ》の耿耿《こうこう》として在り
仰いで浮雲の白きを視《み》る
悠悠として我が心悲しむ
蒼天曷《そうてんなん》ぞ極まり有らん

〈振り返ってみれば、私の中の正気は耿耿と輝いている、そして空を仰げば、わが心の

ように白い浮雲が見える。私の心にははるかな悲しみがあるが、青空はこの悲しみを越えるがごとく果てしがない〉とある。

この漢詩はわが国にも伝わり、幕末の志士らを感奮させた。尊皇攘夷《そんのうじょうい》の先駆けとなった水戸の藤田《ふじた》東湖《とうこ》や長州の吉田松陰《よしだしょういん》は自作の「正気の歌」を作っている。

西欧列強により開国を迫られた幕末の人々は、はるかな元寇の時代に思いを馳《は》せた。巨大な力にも屈しない生き方があることに勇気づけられたのだろう。

文天祥が処刑されたのは、元軍が日本に来襲した「弘安の役」の翌年である。防塁を築いた人々は、海を越えた大陸で自らの生き方を変えずに死んだ人がいたことを知っていただろうか。

復元された防塁は、問いかけても何も答えてはくれない。

【元寇】

13世紀、中国を支配した元は、日本に入貢を求めたが拒否され、文永11年（１２７４）と弘安４年（１２８１）の２度にわたって九州北部に侵攻した。いずれも暴風によって兵船を失うなどして撤退。「文永の役」「弘安の役」とも呼ばれる。

文永の役の後、鎌倉幕府は博多湾沿岸の防備として石築地「防塁」を築かせた。総延長は約20キロとされ、生の松原地区、今津地区（いずれも福岡市西区）などにも遺跡が残る。西南学院大学の防塁は平日の昼に一般にも公開されている。

文天祥のエピソードは葉室さんの小説では『大獄 西郷青嵐賦』、週刊朝日に連載中に絶筆となった『星と龍』にも登場する。

覇者の晩年
愛に包まれ

大友宗麟——臼杵（大分県）

戦国時代に九州で覇を唱えたキリシタン大名、大友宗麟《おおともそうりん》（１５３０〜１５８７）が立てこもり、薩摩の島津勢との最後の戦いを繰り広げた臼杵《うすき》城（大分県臼杵市）を訪れた。

私はなぜか子供のころから、児童向けの世界文学全集に入っていた聖書を読みふけった。戦国時代の武将たちの中でも好きな黒田《くろだ》如水《じょすい》（官兵衛《かんべえ》、１５４６〜１６０４）はキリシタンだった。プロテスタント系の西南学院大学でキリスト教学を受講したこともあって、戦国時代のキリシタン大名に関心があった。

若き宗麟は、後世の書『大友記』によると、

> 都より楽の役者をめされ酒宴乱舞、詩歌、管絃《かんげん》にて日を送り、ひとへに好色に傾き給ひけり

という性格だったが、入信してからは信仰に生きた。キリスト教王国建設の夢を抱き、大軍を率いて日向《ひゅうが》に入った。王国を建設する土地を「ムシカ」と名づけた。現在の宮崎県延岡市無《む》鹿《しか》町である。ムシカとは、ポルトガル語のmúsicaで「音楽」を意味する。

だが、天正6年（1578）、薩摩の島津勢との耳川の戦いで大友勢は大敗し、宗麟は一転して凋落《ちょうらく》する。

＊

宗麟がキリスト教王国を築いていたら、わが国の歴史は変わっていた。しかし、そうはならなかった。なぜなのかを知りたかった。

城跡に上ると、陽光に輝く海が望め、風が潮の香を運んでくる。もとは臼杵湾の丹生《にう》島に築かれた海城だったが、現在は周囲が埋め立てられて臼杵公園として整備されている。

江戸時代初期の『大友興廃記』によると、天正14年（1586）、宗麟がこもる臼杵城に島津勢が迫った際、ポルトガルから輸入した「国崩《くにくずし》」と呼ばれる大砲で撃退したという。しかし、城跡を案内していただいた臼杵市教育委員会文化・文化財課の神田高士さんと岡村一幸さんによると、実際には「国崩」での砲撃はなかったのではないか、という。

もし砲撃が実際にあったのなら、宣教師たちは神の加護だとして書き残したはずだ。だが、当時のキリシタン側の資料に砲撃の記録がないのだ。さらにイエズス会の宣教師ルイス・フロイスの『日本史』では、この時の臼杵城について、

三方が海に囲まれている臼杵城にあっては、守備にあたる兵士もいない状態であった。

としている。しかも宗麟は島津の侵攻におびえる領民たちを保護すべく城内に入れていた。臼杵城は農民や女、子供がひしめいていた。とても戦ができる状態ではなかった。

神田さんの話を聞いて、私は少しぼうぜんとした。九州の覇王であった宗麟の最後の戦いが抵抗の術《すべ》すらないものだったのが意外だった。

*

ところで『日本史』では、宗麟のかたわらに、嫡子義統《ちゃくしよしむね》の母親イザベルが2人の娘とともにいたと伝えている。イザベルとは宗麟の正室、奈多《なだ》夫人のことだ。

宣教師たちは、矯激でキリシタン嫌いの奈多夫人を、イスラエル国王の妃で預言者エリヤを追放したイザベルの名で呼んでいた。宗麟は奈多夫人の女中頭でキリシタンとなったジュリアを妻にするため、奈多夫人と離婚していた。

それなのに、なぜ奈多夫人は義統がいる府内（現在の大分市）に逃げず、宗麟のもとに留まり続けたのか。そのことを神田さんに尋ねてみた。神田さんは「奈多夫人が晩年、温和になっていたからではないでしょうか。キリシタンになりませんでしたが、キリスト教の安息日にあたる日曜日にはキリシタンの侍女たちを休息させたそうです」と話してくれた。

臼杵城に入った奈多夫人の娘の一人はキリシタンになっており、苦しむ領民たちを助けようと姉妹で自分たちの着物を与えるなど懸命に尽くしたという。信仰をめぐって対立したものの、奈多夫人の胸には苦悩を越えた宗麟への大きな愛があったのではないか。

奈多夫人が臼杵城で亡くなったのは、島津勢が城を落とせずに去った後、天正15年（1587）の春である。女中たちが僧侶を呼び、質素な葬儀を執り行ったという。

＊

城跡で青空を見上げながら、ふと考えた。

わが国でキリスト教王国が誕生するにいたらなかった理由の一つに、宗教によらずとも人を愛することができることを、奈多夫人のように身をもって示した人がいたことをあげてもいいのではないか。宣教師たちは亡くなった奈多夫人をその後もイザベルと呼んで冷たかっただけに、なおのことそう思えるのだ。

奈多夫人が亡くなってさらに3カ月後、津久見（現在の大分県津久見市）に隠棲《いんせい》していた宗麟も後を追うようにこの世を去った。宗麟はキリスト教王国を築けなかったが、終焉《しゅうえん》の地では女性の愛に包まれていたと言える。

島津勢が迫る中、宗麟は臼杵城内の礼拝堂で神に祈りを捧げたはずだ。妻や娘や領民たちとともに祈り、聖歌を歌っただろう。奈多夫人も城内で耳を傾けていたに違いない。聖歌はオルガンの音色とともに波を越えて遠くまで響いた。

臼杵城こそが宗麟の、

——ムシカ

だったかもしれない。

【ルイス・フロイス（1532〜1597）】

ポルトガル人のイエズス会士。布教のため1563年に来日し、30年余り滞在。日本事情を記した書簡や著作を数多く残した。

中でも『日本史』は1549年のフランシスコ・ザビエル来日から40年以上にわたる日本布教史だが、大友宗麟らキリシタンのみならず、同時代の織田信長や豊臣秀吉らの動静、日本社会の様子も細かくつづられ、貴重な史料となっている。本文の引用は松田毅一・川崎桃太訳『完訳フロイス日本史8』（中公文庫）によった。

宗麟は葉室さんの小説『風渡る』の主要な登場人物の一人でもある。

城跡で思う海渡る意味

豊臣秀吉と名護屋城――名護屋（佐賀県）

雲一つない快晴で、佇《たたず》んでいるだけで汗がしたたり落ちた。

東松浦半島にある名護屋《なごや》城跡（佐賀県唐津市鎮西町）に立った。天守閣跡から眺める海は輝くばかりで、80キロ以上離れた対馬（長崎県）を遠望できる日もあるという。

名護屋城は全国の城の中でも唯一の、

――海を渡る城

だと言える。ただし、この「海を渡る」ということを、

――侵略

と呼ばねばならない、という考え方がある。それだけにこの城跡の見方は難しい。

そんな感想を後日、名護屋城博物館の元館長で久留米大学客員教授の森醇一朗さんをお訪ねして、話したところ、こう言われた。

「歴史の事実から目をそらさないことです」

＊

言うまでもなく名護屋城は、豊臣秀吉が朝鮮出兵にあたって、朝鮮半島に近い地に築くことを思いついてできた城だ。

黒田如水に縄張りをさせ、加藤清正《かとうきよまさ》と寺沢広高《てらざわひろたか》を普請奉行にして天正19年（１５９１）に着工、わずか5カ月で完成した。

台地の頂上が5層7階建ての天守閣がある本丸で、二の丸、三の丸、山里丸、水の手曲輪《くるわ》を備えている。東西約３３０メートル、周囲１・５キロにも及び、当時としては大坂城に次ぐ広大な城だ。

秀吉は文禄2年（１５９３）から1年余り、この城に在陣した。20万5千人余りの兵が朝鮮に渡り、名護屋城の周辺は10万2千人の軍勢の陣屋がひしめいた。さながら半島全体が要塞《ようさい》都市になったかのようだった。

もっとも、朝鮮での戦況は明と朝鮮の連合軍の反撃にあって思わしくなく、日本軍はしだいに追い詰められていく。

秀吉が亡くなり、遠征軍が帰国するとともに、海を渡る戦争のために出現した巨大都市は幻のように消えた。現在は石垣や堀、礎石などがわずかに残るだけだ。

だが、今もなお日韓の複雑な関係は城跡に歴史の翳《かげ》りを落としている。

＊

城跡そばの佐賀県立名護屋城博物館は、文禄・慶長の役（壬辰《イムジン》・丁酉倭乱《チョンユウエラン》）や日本列島と朝鮮半島との交流の歴史の研究を展示、紹介するとともに、日韓の学術・文化の交流拠点とすることを目的として、平成5年（1993）10月に開館した。

両国の交流をテーマにした常設展では、説明がハングルと日本語で併記されている。

博物館のオープン当初から携わっている企画普及係長の広瀬雄一さんは、かつて釜山《プサン》の大学で6年間、日本語や日本文学を教えた経験があり、韓国をよく知っている。博物館には現在にいたるまで、設立趣旨をめぐって、相反する政治的立場からの意見が相次いだ。広瀬さんはそれらの相手を懇切丁寧にしてきた。

「それぞれの意見があっていいと思う。だから逃げずに徹底して話します」と言う。

歴史から目をそらさず、ありのままに見つめることが何よりも大事だ、というのが博物館を支える信条なのだ。しかし、ありのままに見つめるとはどういうことなのか。

*

文禄・慶長の役のおり、日本の武将で、
——沙也可《サヤカ》
と呼ばれる人物が朝鮮側に降《くだ》り、日本軍と戦ったと伝えられる。いわゆる、〈降倭《こうわ》〉である。
司馬遼太郎は『街道をゆく』のうち「韓《から》のくに紀行」で、沙也可とは、
——左衛門
ではないかと考えつつ、降倭の子孫が住むという村に行く。友鹿洞《ウロクトン》という山間の村で白い冠をいただき、衣服も白装の老翁に出会う。
かつての日本武士の村を訪ねてきた、と通訳が伝えると、老翁は口を開いた。

「それはまちがっている」

と、老翁はゆったりとした朝鮮語でいうのである。それはというのは、そういう関心の持ち方は——という意味であった。

「こっちからも日本《むこう》へ行っているだろう。日本からもこっちへ来ている。べつに興味を

もつべきではない」

と、にべもなくいったのである。

老翁の言葉を聞いて、司馬はそのにべもなさに声をあげて笑った。たしかにわれわれが朝鮮に行こうとも、あるいは朝鮮からわが国に来ようとも、ひとがこの地球上で生きている限り、何の不思議もないことだ。そのことに意味づけをしてしまう歴史とは何なのか。

そんなことを考えていると、森さんは、

「逃げないで話していけば、わかり合えるのです」

と博物館建設にあたって、韓国側の関係者に粘り強く会い続け、交渉を重ねた経験をふまえて力説した。

心を澄ませて歴史の真実と向かい合わねばならない。現代の「海を渡る」とは、逃げずに話し合いを深めていくことだ。そのための勇気をわれわれは持っているのだろうか。

城跡に立ってそんなことを考えた。

【文禄・慶長の役】

朝鮮側では当時の干支《えと》をとって「壬辰・丁酉倭乱」と呼ぶ。文禄元年～2年（1592

～１５９３）と慶長2年～3年（１５９７～１５９８）の2度にわたった戦争は、豊臣秀吉の病没による日本軍の撤兵で幕を閉じ、豊臣政権は衰退の一途をたどった。朝鮮は焦土と化し、虐殺や日本への捕虜連行などの傷痕を残した。朝鮮を救援した明も国力が衰えて滅亡に向かい、当時の東アジア情勢を一変させた。

　連行や略奪で日本に導入された朱子学や陶芸、金属活字印刷といった文化・技術は、近世社会に大きな影響を与えた。一方、朝鮮側は被害の回復に長い時間を要することとなった。

　黒田如水ら朝鮮出兵にかかわった人々の苦悩は、葉室さんの小説『風の王国 官兵衛異聞』『冬姫』『無双の花』などでも描かれている。

「沈黙」の祈り　時を超え

遠藤周作とキリシタン弾圧——長崎

　沖縄本島でも雪が降ったという記録的な寒波が西日本を覆った3日後、長崎を歩いた。

　まだ雪が残っていた。寒気が厳しく道端の雪をながめつつ、コートの襟を合わせた。

　4年前の春、取材で五島の教会を見てまわったことを思い出した。この時も爆弾低気圧で、3泊4日の日程のうち、丸1日はホテルから出られなかった。長崎での取材に悪天候はつきものなのだろうか。

　だが、晴天になって船で島々を訪ねて眺めた赤煉瓦《れんが》造りの教会は、青い海と空に鮮やかに映えていた。

＊

大浦天主堂を訪れた。

教会建築の見事さにため息をついた。独特の曲線のリブ・ヴォールト天井、別名「コウモリ天井」はゴシック様式の教会堂に多く、見上げると自然に跪《ひざまず》きたくなる。ステンドグラスを通しての光も神々しいばかりだ。

大浦天主堂を出て、その脇の祈念坂《きねんざか》を上った。振り返ると、長崎港に続く町並みが見渡せる。どんよりと曇った空がわずかに白く明るんでいた。

祈念坂は作家、遠藤周作《えんどうしゅうさく》のお気に入りの場所だったという。今年（２０１６）は遠藤の没後20年だ。私は学生時代、『海と毒薬』『留学』などに読みふけった。そして何と言っても『沈黙』が衝撃的だった。徳川幕府による過酷なキリシタン弾圧のさなか、日本に潜入したポルトガル人司祭の苦悩を描いた作品だが、神はなぜ沈黙しているのか、というのは重く、せつないテーマだ。

＊

続いて、日本二十六聖人記念館を見学した。

記念館そばの西坂公園には「日本二十六聖人記念碑」がある。

安土桃山時代、豊臣秀吉はキリシタン禁教令を発し、京都奉行の石田《いしだ》三成《みつなり》に京都に住むキリシタンを捕縛して処刑するよう命じた。

外国人宣教師と日本人修道士、信者計24人（後に２人の信者が加わる）が捕縛され、耳たぶを切られて処刑のため長崎に送られた。

厳冬の季節だった。

約１カ月かけて２００里を素足で進む一行の中には12歳の少年、ルドビコ茨木もいた。

１５９７年２月５日（慶長元年12月19日）、西坂の丘で処刑された。

記念碑には二十六聖人の等身大のブロンズ像が配されている。彼らの足が垂れ下がっているのは天国に向かっているからだという。さらに、

人若《も》し我に従はんと欲せば
己を捨て
十字架をとりて我に従ふべし
（マルコ第八章）

という聖書の言葉が彫られている。

殉教とは何か。記念館のスタッフ、宮田和夫さんと話した。宗教のために命を捧げるなど、私にはとてもできないと思ったからだ。

宮田さんは考え込んだ後で、

「アニマ（魂）を守るということではないでしょうか」

と言った。人には魂がある。肉体の命は永遠ではない。だが、魂は永遠だ。殉教すれば魂を守ることができる。

宮田さんの言葉が胸に響いた。

宗教的な意味での魂についてはよくわからない。だが、魂を「自分らしくあること」と考えたらどうか。自分が自分らしくあることを守りたい。そのためには死をも恐れないということなのか。そう言えば、『沈黙』は自分が自分らしくあることを否定されて、なお生きる絶望と悲しみの物語でもある。

＊

長崎市外海地区にある遠藤周作文学館に向かった。『沈黙』に登場する架空の「トモギ村」は、外海地区に当時実在した「黒崎村」をモデルにしている。

この地には遠藤の文学碑があり、

人間がこんなに哀《かな》しいのに
主よ
海があまりに碧《あお》いのです

という遠藤の言葉が記されている。

『沈黙』で司祭ロドリゴは長崎奉行所に捕らえられ、銅版のイエス像を踏むよう迫られる。その時、

踏むがいい。
私はお前たちに踏まれるため、この世に生れ、
お前たちの痛さを分つため十字架を背負ったのだ。

と「銅版のあの人」がロドリゴに言う。

『沈黙』はカトリシズムの世界から反発を呼んだ。神は人間の犯した罪を赦《ゆる》すが、罪を犯すことを最初から認めることはありえない、と。

ところで文学館の学芸員、北村沙緒里さんは、

「『沈黙』には母性というテーマも描かれているのでは」

と話してくれた。

遠藤は子どものころに両親が離婚し、母に育てられ、父とは疎遠だった。母との結びつきが強く、そのことが作品に反映しているという。罪を赦してくれるのは「父なる神」ではなく、「母」なのだ。だが、「母」による赦しは、本当の赦しなのか。『沈黙』の問いかけはさらに深いところまで届いている。

海沿いに建つ文学館は、眺望がすばらしい。広く見渡せる海はあたかも映画の一場面を切りとったかのようだ。

この日は曇天で灰色に霞《かす》んでいたが、夕陽が海を赤く染める光景はたとえようのない美しさだという。

それは神の国への入り口なのかもしれない。

【遠藤周作（1923〜1996）】

東京生まれ。旧満州の大連で育ったが、10歳の時に両親が離婚し、母と兄とともに神戸に転居する。カトリック信者だった伯母の影響で、少年時代に洗礼を受ける。慶應義塾大学仏文科卒業後、フランスに留学。帰国後の１９５５年、『白い人』で芥川賞を受賞した。

「日本人にとってキリスト教とは何か」を一貫したテーマとした。歴史小説からユーモア小説、エッセーまで幅広く活躍し、「狐《こ》狸《り》庵《あん》先生」の名前でも親しまれた。長崎を「心の故郷」と呼び、『沈黙』『女の一生』など、この地を舞台にした作品も多い。

「咸宜《ことごとくよろ》し」説く
淡窓の心

広瀬淡窓・旭荘――日田（大分県）

何度目になるのだろう。

大分県日田市の咸宜園《かんぎえん》を訪れた。言うまでもなく儒学者、詩人の広瀬《ひろせ》淡窓《たんそう》が文化年間（1804〜1818）から幕末にかけて教えていた私塾である。

開塾から明治30年（1897）の閉塾までに全国から延べ5千人を超える入門者があった。多くの人材を輩出し、蘭学者の高野長英《たかのちょうえい》や兵学者の大村益次《おおむらますじ》郎《ろう》らも咸宜園で学んだ。

淡窓が異郷で学ぶことについて門人たちに与えた「休道之詩《きゅうどうのし》」は人口に膾炙《かいしゃ》した。

道《い》うことを休《や》めよ　他郷苦辛《くしん》多しと
同袍《どうほう》友有り　自《おのずか》ら相《あい》親しむ

柴扉《さいひ》 暁《あかつき》に出《い》づれば　霜《しも》雪の如《ごと》し
君は川流《せんりゅう》を汲《く》め　我は薪《たきぎ》を拾わん

〈他郷で学問をする苦しさを口にするな、ともに学ぶ友があり、励まし合っているではないか。豊かな自然のもと生活するのも味わい深い。君は川の水を汲め、私は薪を拾ってこよう〉

という詩だ。

現在の県道を挟んで西側に考槃楼《こうはんろう》、西塾、南塾があり、東側に秋風庵《しゅうふうあん》、招隠洞《しょういんどう》、遠思《えんし》楼《ろう》、東塾、講堂などの建物があった。いまも遺《のこ》って往時を忍ばせるのは、淡窓の伯父、月化《げっか》が天明元年（１７８１）に建てた草葺きの秋風庵と淡窓の二階建ての書斎、遠思楼のみである。

遠思楼に座って窓から空を見上げれば、行きかう雲にすらかつての咸宜園の風景が浮かんでくる気がする。

＊

江戸時代後半から幕末にかけては、咸宜園はじめ、

——私塾
が時代を切り開く大きな役割を果たしたと言える。主なものでは、シーボルトの鳴滝《なるたき》塾（長崎）、大塩平八郎《おおしおへいはちろう》の洗心洞《せんしんどう》（大坂）、緒方洪庵《おがたこうあん》の適塾《てきじゅく》（大坂）、吉田松陰の松下村《しょうかそん》塾《じゅく》（萩）がある。

時代の流れに即して言えば、シーボルトは鎖国していたわが国と西洋文明の架け橋たろうとし、大塩平八郎は腐敗した体制を打倒しようとした。さらに緒方洪庵は西洋の医学を伝えて新たな文明の潮流を紹介し、吉田松陰は体制の変革を目指した。

では、咸宜園の役割とは、これらの私塾が活躍する以前の江戸時代の教育を代表するものなのか。

*

淡窓は、身分や階級制度の厳しい時代にあって、入門時に学歴、年齢、身分を問わない、
——三奪法《さんだつほう》
と、月の初めに門人たちの学問を評価する「月旦評《げったんひょう》」と呼ばれる制度で平等の教育を行った。さらに漢詩を作ることで、情操を豊かにした。

ほかの私塾が時代の新しい潮流を伝え、さらには世の中の変革をうながしたことから見れば、咸宜園の「心の教育」は保守的に見えるかもしれない。

しかし、現代が文明や宗教、思想の対立に悩み、テロリズムやヘイトスピーチなどに苦しめられていることを考えると、咸宜園教育にも新たな見方ができるのではないか。

憎悪を乗り越えるにはどうしたらいいのか。

咸宜園の「咸宜」とは、中国の詩集『詩経』にある、

――殷《いん》、命《めい》を受くること咸《ことごとく》宜《よろ》し

から来ている。「咸宜し」とは、すべてのことがよろしいという意味で、門人一人ひとりの個性を尊重することを教育理念として掲げたのだ。この言葉は対立するものがそれぞれでいいのだ、という対立を乗り越える言葉としても受けとめることができる。

そのために何が必要かと言えば相手を理解する心だろう。

＊

咸宜園は淡窓の後、養子（実弟）の旭荘《きょくそう》に引き継がれた。旭荘は、温和だった淡窓とは違って、性格が激しく、妻にもしばしば手を上げた。

だが、旭荘が遺した日記の『追《つい》思《し》録《ろく》』によれば、旭荘は妻が病んで、やせ細った体を

見て慟哭《どうこく》する。それを見て、妻は「女房の病気に泣く男がどこにありますか」と笑った。
さらに妻が亡くなると旭荘の嘆きは深く、日々、泣いて周囲を心配させるほどだった。
そんな旭荘の詩に「春雨到筆庵（春雨《しゅんう》筆庵《ひつあん》に到《いた》る）」がある。

菘圃葱畦《しゅうほそうけい》　路《みち》を取ること斜《ななめ》に
桃尤《もっと》も多き処《ところ》是れ君が家
晩来《ばんらい》何者ぞ門を敲《たた》き至るは
雨と詩人と落花となり

〈菘《とうな》（唐菜）の圃《はたけ》、葱《ねぎ》の畦《あぜ》の中、桃の花がいっぱいに咲いているあたりに君の家がある。夕暮れ時に門を敲いて訪ねてくるのは誰だろう。雨と詩人と散る花である〉

という詩だ。

激し過ぎる詩人は実はやさしい心を抱いていた。大切な人のために泣くことができ、響き合い、共感する心こそが対立を乗り越える。

咸宜園に佇《たたず》むとそう思う。

【広瀬淡窓（1782〜1856）と旭荘（1807〜1863）】

淡窓は小さいころから学問を好み、福岡の儒学者・亀井南冥《なんめい》、昭陽《しようよう》親子に師事。長男だったが、病弱でもあったため、家業の商家を弟久兵衛（1790〜1871）に譲り、学問と教育に専念した。25歳離れた末弟の旭荘も亀井塾に学んだ。旭荘は24歳で咸宜園の2代塾主に就いたが、30歳で大坂へ、37歳で江戸へ出るなど、生涯の大半を日田から離れて各地を訪れ、当時の著名人たちと交流した。

兄弟の実家・広瀬家は屋号を「博多屋」と称した。幕府直轄の天領・日田で代官の御用達として財を成し、咸宜園を支えた。

葉室さんには淡窓を主人公にした小説『霖雨《りんう》』、旭荘に光を当てた小説『雨と詩人と落花と』がある。

「開明開国」夢見た薩摩

西郷隆盛と開国——鹿児島

「西郷隆盛《さいごうたかもり》と文天祥《ぶんてんしょう》は似ている」

桜島の噴火を心配しつつ、鹿児島に行った。昼間、鹿児島県立図書館主催の文化講演会で対談をした。その夜、対談相手の原口泉館長と酒を酌み交わしながら話していて、不意に出た言葉だ。

文天祥については、第Ⅰ部の冒頭（23頁）でも述べている。元に滅ぼされた南宋の忠臣だ。当時の世界帝国だった元への抗戦を続け、捕らわれて投降を求められながらも節を貫いて刑死した。

私の言葉に原口館長は「ああ、なるほど、そうですね」とうなずいてくれた。

＊

西郷隆盛の本当の名は、

――西郷隆永《たかなが》

だった。実際に隆永の署名の手紙も残されている。隆盛と変わったのは、明治になって政府から西郷の名の問い合わせがあった時、友人の吉井《よしい》友実《ともざね》が「確か、隆盛じゃった」と西郷の父親の名を答えたからだ。

西郷はこれを知って大笑いしたという。

隆永と隆盛では受ける印象が違う。幕末の動乱を駆け抜けた薩摩の巨漢の名は東洋豪傑風ではなく、ややスマートだった。われわれは幕末の西郷を知らないのではないか。そんな気がしていた。

鹿児島を訪れたのは、このほど「明治日本の産業革命遺産」として世界文化遺産に登録された反射炉跡を見るためだった。

嘉永４年（１８５１）に藩主となった島津斉彬《しまづなりあきら》は、藩主の別邸である「仙巌園《せんがんえん》」の園内に工場群の「集成館」を開き、大砲鋳造のための反射炉やガラス工場など、多くの工場を建造した。

斉彬は若い頃から蘭学《らんがく》を学び海外の事情や技術についての知識を持っていた。また、薩摩藩は琉球を支配下においていた。琉球は清国とも通交しており、斉彬はアヘン戦争（１８４０～１８４２）や西欧列強のアジア侵略の情報をいち早くつかんでいたのだ。

集成館の反射炉は、現在は基礎部分だけが残っており、全体像は模型で見るしかない。それでも強い日差しのもと、汗をぬぐいながら見学した石組みは歴史を感じさせる。

*

薩摩での工場建設の動きは嘉永6年（１８５３）のペリー来航以前からである。斉彬は産業を育成して欧米列強と対等に渡り合う、

――開明開国

を構想していたと思われる。反射炉建設には、外国に頼らずに自力での近代化を果たそうという意気込みがあった。

西郷は尊王攘夷の志士というよりも、安政5年（１８５８）に亡くなった斉彬の遺志を継いで、〈開明開国〉路線を胸に秘めて孤独に戦ったのではないか。尊攘派の中心にいながら異端だったとも考えられる。

幕末、イギリスの外交官アーネスト・サトウは『一外交官の見た明治維新』の中で、京の情勢を聞くために薩摩屋敷の西郷を訪ねた時のことを次のように書いている。

西郷は、現在の大君《タイクーン》政府の代わりに国民議会を設立すべきであると言って、大いに論じた。私は友人の松根青年から、反大君派の間ではこうした議論がきわめて一般的になっていると聞いていたが、これは私には狂気じみた考えのように思われた。(「大君」は将軍の徳川慶喜《よしのぶ》)

サトウは西郷の開明的な意見にひどく驚いているが、斉彬がしようとしていたことが、幕府だけでなく諸藩の合議で国を動かしていこうということだったとすれば、西郷が国民議会を口にすることは異とするに足りない。

だからこそ、西郷は廃藩置県に断を下し、封建制度を一掃することもできたのだ。

＊

ところで明治維新によって、わが国は西欧列強の植民地にならなくてすんだ、と言われる。しかし、一方で政府は極端な欧化政策に舵《かじ》を切る。斉彬が夢見た自力での国造りとは違うという違和感を西郷は持っただろう。

西郷は目指していた〈開明開国〉との違いに愕然《がくぜん》としたのではないか。

西郷が明治6年（1873）、岩倉使節団で海外をまわってきた大久保《おおくぼ》利通《としみち》ら政府首脳たちと対立し、下野《げや》した本当の理由はここにあるのかもしれない。明治時代のキリスト教思想家、内村鑑三《うちむらかんぞう》は英文で著した『代表的日本人』の中で西郷の漢詩を紹介している。

私に千糸の髪がある
墨よりも黒い
私に一片の心がある
雪よりも白い
髪は断ち切ることができても
心は断ち切ることができない

西欧列強に植民地帝国主義を学んだわが国は数度の戦争を経て、昭和の敗戦にいたる。

西郷は、元に屈服することを拒んだ文天祥のように、偏狭な西欧化に抗して西南戦争で城山の露と消えたのだ、と私は思う。

【西郷隆盛（1827～1877）】

明治維新の立役者の中でも、濃い眉毛の人目を引く風貌、豪胆で清廉な人柄、波瀾の生涯によって、今なお多くの人に慕われ、人気が高い。

薩摩藩の下級藩士出身。藩主島津斉彬（1809～1858）に見いだされ、重用された。安政の大獄や斉彬の急死の影響で一時は島に流罪になったが、復帰すると、大久保利通（1830～1878）らとともに藩の指導者となり、薩長同盟を結んで江戸幕府を倒した。

明治維新後の1873年、対朝鮮外交をめぐって大久保らと対立。政府を辞し、鹿児島に戻った。77年、政府に不満を持つ鹿児島の士族子弟に擁され、西南戦争を起こしたが、敗北。現在の鹿児島市城山町で自刃した。

本文中の引用は坂田精一訳『一外交官の見た明治維新（下）』、鈴木範久訳『代表的日本人』（いずれも岩波文庫）によった。

幕末の民主思想の代弁者

坂本龍馬——長崎

薄曇りの空の下、ホテルにつくとぽつり、ぽつりと小雨が降った。長崎ではいつも雨にあう。荷物を置いて、外へ出ると、しっとりとした旅情に包まれるようだ。

市内を一望できる風頭《かざがしら》公園に行った。ここには平成元年（１９８９）に全国の有志からの募金で建てられた坂本龍馬《さかもとりようま》の像がある。腕組みをして日本の未来を見据えるかのようだ。

風頭公園の周辺には、龍馬を写真撮影した上野《うえの》彦馬《ひこま》の墓や、龍馬が創設した亀山社中《かめやましやちゆう》跡（長崎市亀山社中記念館）など龍馬ゆかりの史跡がある。

寺町通りから禅林寺《ぜんりんじ》、深崇寺《じんそうじ》の間、亀山社中記念館を経て風頭公園に至る坂道は「龍馬通り」と呼ばれており、長崎での龍馬の聖地の一つだろう。

＊

長崎に来たのは、坂本龍馬のイメージの変遷について考えたかったからだ。

幕末、一般には無名だった龍馬だが、維新の記憶もまだ新しい明治16年（１８８３）、龍馬の故郷である高知の新聞に、

――『汗血千里駒《かんけつせんりのこま》』

と題して坂崎紫瀾《さかざきしらん》の伝記小説が連載された。時、あたかも自由民権運動が盛んな時期で、龍馬には自由のために戦う闘士のイメージがあったのかもしれない。

龍馬の名がさらに広く知られるようになったのは、明治37年（１９０４）の日露戦争開戦のころ、皇后が奇夢を見たからだという。『明治天皇紀』によれば、

即《すなわ》ち一壮士あり、彷彿《ほうふつ》として皇后の夢に入り、祇《つつし》みて告げて曰《いわ》く、臣は是れ坂本龍馬なり、我が海軍を守護せん、冀《こいねが》はくは御心を安んじたまへと

夢の中に出てきた龍馬が、日露開戦に不安を抱く皇后を勇気づけたのだという。

だが、何といっても龍馬のイメージを定着させ、人気を高めたのは、司馬遼太郎が産

経新聞に連載した『竜馬がゆく』だろう。連載開始が昭和37年（1962）。60年安保での政治の季節が薄れ、おりからの高度経済成長期の最中だった。

わが国で初めての商社「亀山社中」をつくった龍馬が、イデオロギーや薩摩、長州というセクト主義にとらわれず、エコノミストの発想で歴史を推し進めていく姿は魅力的だった。

しかし、不景気が続いた現在でも龍馬人気は高い。なぜなのか、ということを考えると、謎を解くカギは慶応3年10月14日（1867年11月9日）の大政奉還にあるような気がする。

現体制が政治権力を放棄するという、世界史的にも前代未聞の政治事件を龍馬は起こした。しかし、それは龍馬だけの力だったろうか。

＊

もともと大政奉還策は幕臣の大久保一翁《いちおう》の発案だった。

そしてこのアイデアに越前福井藩主の松平春嶽《まつだいらしゆんがく》が興味を抱いた。春嶽は幕府の政事総裁職を務め、将軍後見職の徳川慶喜（後の15代将軍）と並んで、一時は幕府のツートップの一人だった。春嶽が慶喜に大政奉還を勧めた経緯がある。

慶喜はいったん拒絶したが、長州再征討がうまくいかず、政権運営に行き詰まると飛びついたのが実情ではないか。

春嶽のもとには、大久保だけでなく勝海舟《かつかいしゅう》など開明派の幕府官僚が集まっていた。龍馬自身、勝の代理として福井に春嶽を訪れて神戸海軍操練所への資金提供を要請しており、言うなれば、春嶽グループの端に連なっていた。また、龍馬のアイデア提供により、大政奉還策を建白した土佐藩前藩主の山内容堂《やまのうちようどう》は、かねて春嶽の盟友だった。

慶喜にしてみれば、幕府内の野党の趣があった春嶽グループの抱きこみを図る狙いもあって、大政奉還策を採用したのではないか。

さらに言えば、龍馬は暗殺される直前、福井を訪れ、経済通の藩士、三岡八郎《みつおかはちろう》（由利《ゆり》公正《きみまさ》）を新政府に招聘《しょうへい》している。三岡は明治になって、

万機公論に決すべし

で知られる「五箇条の御誓文」を起草している。これは三岡の師であり、春嶽のブレーンでもあった儒学者、横井小楠《よこいしょうなん》の思想に基づくものだ。

龍馬自身、何度も小楠を訪ねて教えを請《こ》うており、思想的な影響を受けている。つまり、龍馬は大政奉還策という政治的な奇策を弄《ろう》した策士ではなく、幕末に幕府側

に存在した民主的な政治思想の代弁者であったということだ。それが、龍馬の隠れた魅力ではないか。

*

そんなことを考えつつ、息を切らしながら坂道を上って、亀山社中記念館を訪ねた。

かつて龍馬はこの坂を駆け上がり、駆け下りして新時代への夢を膨らませていったのだろう。

記念館を見学してそんなことを考えていると、幕末の水戸を舞台にした『恋歌《れんか》』で直木賞を受賞した作家の朝井まかてさんと行き会った。朝井さんは、幕末の長崎の女商人、大浦慶《おおうらけい》の取材で長崎を訪れたという。

商売のため上海に密航したと伝えられる慶と龍馬は親交があった。自らの道を切り開こうという情熱において、男女の別はなかったのだ。

幕末の長崎はそんな場所だったのかもしれない。

【坂本龍馬（1836〜1867）】

天保6年11月15日（1836年1月3日）、土佐藩高知城下の下級武士の家に生まれる。

江戸で剣術を修行し、帰国して土佐勤王党に加わった後、脱藩。幕臣の勝麟太郎（海舟）の門人となり、勝の私塾（海軍塾）の塾頭を務め、神戸海軍操練所の開設に関わる。勝が失脚して操練所が閉鎖された後、龍馬が長崎の亀山に開いた「亀山社中」は、長州藩のために薩摩藩名義で小銃や蒸気船を購入。これが薩長同盟につながった。薩長が武力討幕に傾き始めると、これを避けたい土佐藩から策を求められ、龍馬は大政奉還を盛り込んだ「船中八策」を提案。だが、大政奉還の実現から1カ月後の慶応3年11月15日（1867年12月10日）、京都で暗殺された。

葉室さんの小説では『春風伝』『天翔ける』に登場する。龍馬暗殺は『影踏み鬼 新撰組篠原泰之進日録』でも描かれている。

朝井まかてさんが大浦慶を取材し、主人公にした小説は『グッドバイ』。

長州の思惑語る龍馬の裏書

木戸孝允と坂本龍馬――京都

　２０１５年から、京都に仕事場を持っている。最初の仕事場が二条城の近くだったので、毎朝、まわりをジョギングした。さらに御所の周辺を散策、歴史に思いをいたした。

　やはり、気になるのは、幕末の動乱だ。

　蛤《はまぐり》御門の前に立つと、いわゆる「八月十八日政変」（文久3年＝１８６３年）で京都政界から失脚した長州藩が翌年、頽勢挽回《たいせいばんかい》を目指して京に攻め上って起こした「禁門の変」を思い出す。「蛤御門の変」とも呼ばれ、一帯が激戦地となった。

　この戦で敗北した長州藩は、その後、イギリス、フランス、オランダ、アメリカの4カ国連合艦隊との馬関戦争、さらには幕府の長州征伐と狂瀾《きょうらん》の時期を迎える。

　長州藩が息を吹き返すのは、慶応2年（１８６６）1月21日、ひそかに京に出てきた

長州尊王攘夷派の重鎮、木戸《きど》孝允《たかよし》（桂小五郎《かつらこごろう》）が薩摩の西郷隆盛と結んだ、

――薩長同盟

によってである。

薩長同盟が結ばれた地と言われる薩摩藩家老、小松帯刀《こまつたてわき》の邸「御花畑《おはなばたけ》」の詳しい場所や規模を示す絵図と文書などが近頃、見つかった。それによると現在の京都市上京区の森之木町など３町にまたがる約５９００平方メートルの広大な敷地だ。

京都市営地下鉄の鞍馬口駅の出口付近が御花畑の中らしい。行ってみると、街並みが広がるばかりで、肌寒い秋の路上に立てば、かつてどのような屋敷があったのか、と幻のように思える。

*

幻と言えば、薩長同盟が倒幕の軍事同盟であったのかについては、最近出版された家近良樹さんの『西郷隆盛』などで疑問視する見方がある。

薩摩側にはこのときの会談の内容についての史料がないという。唯一あるのは木戸が坂本龍馬に薩摩との盟約について、確認を求め、龍馬が裏書した有名な文書だけだ。

一、戦と相成候時は直様二千余之兵を急速差登し、只今在京之兵と合し、浪華へも千程は差置、京坂両処相固め候事。

幕府が長州再征をしようとした場合、薩摩藩は兵を上洛《じょうらく》させて備える、さらに朝廷へのとりなしを行う、など6カ条の盟約内容に龍馬は、

毛《すこし》も相違これ無く候（この内容で間違いありません）

と裏書した。しかし、考えてみると不思議な話だ。薩摩、長州藩の代表が話し合った内容について、立会人とはいえ、一介の浪人である龍馬に裏書を頼むとはあまりに心配性に過ぎる。さらには、倒幕の同盟だったとすれば、それほどの機密文書を書状で届けるのも異様だ。幕吏の目に触れたらどうするのか。

龍馬は幕吏に目を付けられた政治犯だった。小松邸での会談後、伏見の寺田屋で捕縛されそうになり、ピストルを発砲して逃走した。木戸が武力革命を考えていたとしたら、あまりに不用心だ。

＊

木戸はなぜ不安を抱いたのか。

一つには、薩摩側は長州との同盟に積極的ではなかったことがあげられる。実際、西郷は下関で会談する予定をすっぽかしている。だからこそ、龍馬や中岡慎太郎《なかおかしんたろう》のような仲介役の存在がクローズアップされるのだ。仲介の論理は、「薩摩と長州派は同じ尊王攘夷派だから手を結ぶべきだ」というものだったろうが、ここが違うのではないか。

島津《しまづ》久光《ひさみつ》ら薩摩藩首脳の政治方針は前藩主、島津斉彬から引き継いだ開国派であり、分類するならば公武合体派なのだ。

西郷は若いころ、尊王攘夷派の総本山である水戸藩の指導者、藤田東湖と親しく交わった。その心情はともかくとして、政治方針は長州とは水と油だ。

木戸と会談した後に薩摩藩は、福井の松平春嶽、土佐の山内容堂、宇和島の伊達《だて》宗城《むねなり》を上洛させ、久光も加えた賢侯会議において政局の混乱を打開しようとしていた。あくまで公武合体派として行動している。

木戸との会談時期には、西郷の思惑はともあれ、藩として倒幕を決断してはいないのだ。

木戸としては、幕府の長州再征を前に京に乗り込んで薩摩藩と談判したものの、得られたのはあいまいな口約束に感じられたのではないか。当然、倒幕同盟などではなかった。だからこそ、龍馬に裏書してもらうという奇妙な行動に出たのだ。木戸は必死だった。会談の内容はその後、戊辰戦争を経るにつれて、木戸の中で、

――倒幕同盟

だった、と自らの功績を誇る気持ちとともに大きく育っていったのだ。

＊

木戸は、西南戦争が起こった明治10年（1877）2月の日記に往事を回想して、

> 長州と薩州と合力同盟せしは、余と同氏（西郷）と丙寅の歳、京都に於いて誓いしを始とす。其よりして終に薩長同力戊辰一新の大業をなせり

と記している。木戸が明治になって「維新三傑」の一人と呼ばれるようになった秘密は案外、京での西郷との会談の後、龍馬に裏書を求めた執拗《しつよう》さにあったのかもしれない。

【長州藩と薩摩藩】

幕末、長州藩を中心とした尊王攘夷派が勢いを増した。文久3年（1863）5月に下関で外国船を砲撃。8月には天皇を擁した攘夷親征を企てた。これに対し、公武合体派の薩摩藩は会津藩や朝廷内の反長州派と結び、長州藩を京都から追放した（八月十八日の政変）。

失地回復をめざす長州藩は翌年の元治元年（1864）、京都に攻め込んだが、敗北（禁門の変）。御所に銃を向けた「朝廷の敵」とされた。いっそうの窮地に立たされたが、反目し合っていた薩摩藩と慶応2年（1866）に薩長同盟を締結。形勢を盛り返し、明治維新に向かう流れの主導権を握った。

維新への異議
夢の如く

西郷隆盛と西南戦争——鹿児島

不思議な気がしている。

２０１８年のＮＨＫ大河ドラマは、戊辰戦争勃発（１８６８）から１５０年に当たるということで、明治新政府軍を率いた西郷隆盛が主人公だという。私も西郷を主人公に、「安政の大獄」（１８５８〜１８５９）をテーマにした小説を昨年（２０１５）から雑誌に連載している。書き始めのころは、西郷ブームが起きそうな気配はなかった。知らない間に思いがけない舞台にあげられた気がする。

あらためて西郷の終焉《しゆうえん》の地を見ておこうと鹿児島を訪れた。

青空の下、錦江湾に桜島が浮かんでいる。その様子を、司馬遼太郎は、西南戦争を描いた長編『翔《と》ぶが如《ごと》く』の〈はじめに〉で次のように書いている。

海は軽佻《けいちょう》なほどにあかるく、
「泣こよっか、ひっ翔べ」
という上代以来の隼人《はやと》どもの心を、この青が染めあげたかと思われるほどに陽気であった。

鹿児島市の繁華街の天文館から北に向かうと、シラス台地の城山が見える。
南九州の城では天守閣や大きな石垣などはあまり見られない。周辺部が垂直に切り立つシラス台地を城としたからだ。

城山の周辺一帯が島津氏の居城だった鶴丸城の城跡で、本丸跡に県歴史資料センター黎明《れいめい》館（現・鹿児島県歴史・美術センター黎明館）、二ノ丸跡に県立図書館があり、さらに一角に西郷の銅像が立っている。

県立図書館長の原口泉さんに西郷と大久保利通についてうかがった。「大久保が工業の近代化を、西郷は農本主義による社会変革を、車の両輪のように行ったのではないか」と原口さんは話す。

＊

西南戦争で西郷たちが敗れたのは熊本城を攻めたためだとされることが多い。だが、それよりも本拠地である鹿児島の防衛を怠り、補給を断たれたのが敗因なのではないか。

当時、鹿児島には「四斤砲」や「十二斤臼砲」といった大砲、および弾丸を製造する工場があり、わが国最大の火薬工場があった。

西郷が鹿児島に設立した私学校の生徒たちが明治10年（1877）1月、政府側の挑発にのって、陸軍と海軍の火薬庫を襲ったことで、西南戦争が勃発した。西郷軍1万3千人は2月15日から17日にかけて次々に鹿児島を発ち、加治木《かじき》や出水《いずみ》などを経て熊本へと向かった。

だが、3月8日には政府軍の軍艦が鹿児島港に入り、備蓄されていた火薬を海に投げ捨て、小銃弾製造機械などを搬出、火薬製造所を爆破した。西郷軍は鹿児島守備の兵を置いておらず、軍艦も持たないため、なす術《すべ》がなかった。西南戦争の勝敗の帰趨《きすう》は実はこのときに決まったのだ。もし、西郷軍が熊本城を落としたにしても、弾薬の補給なしに政府軍の反撃にあえば、とても東京まではたどりつけないのは明らかだ。

城山で西郷が最後に籠《こ》もった洞窟を見ると、意外に小さい。西郷はどのような気持ちでここにいたのだろうか、という感慨が浮かぶ。

＊

私が「安政の大獄」に焦点を当てて小説を書いているのは、この時期の西郷が、薩摩藩の島津斉彬による、いわばオールジャパン構想のために活動していたことに惹《ひ》かれるからだ。斉彬の構想は、尊王攘夷の総本山だった水戸藩の徳川斉昭、開国のやむなきを知る越前福井藩の松平春嶽とともに、挙国一致での開国近代化方針を取ろうとするものだった。だが、井伊《いい》直弼《なおすけ》による「安政の大獄」によって、オールジャパン構想は破《は》綻《たん》する。西郷もまた奄美大島に潜居する。

やがて復帰した西郷は、幕末の政局の混乱に剛腕を振るう。西郷が行おうとしたのは、あくまで斉彬構想に基づく、オールジャパンの創出だったはずだ。しかし、皮肉なことにかつて斉彬が自らの構想のエースとして将軍継嗣に押し立てた一橋慶喜は、将軍になると幕府独善主義に陥っていた。

西郷は幕府を見限り、倒幕へと舵を切る。尊王攘夷思想で過激化し、存亡の危機に追い込まれていた長州と手を結んだ。この結果、戊辰戦争となり、斉彬構想とはほど遠い形で明治維新が行われる。

西郷にとって明治維新は意に沿わないものだったかもしれない。そして、大久保利通主導の藩閥政府によって、わが国の伝統を見捨てた西欧化の国造りが行われようとしていた。西南戦争とは、そうしたことへの異議申し立てだったのではないか。それは政論というよりも理想論に近く、あるいは詩人の魂が見る夢の如きものだった。

＊

鹿児島では西郷の曽孫、西郷隆夫さん（52）にもお会いした。隆夫さんは「西郷家には芸術家気質のひとが多い」と語る。西郷は革命家というよりも、一個の詩人であった。西郷の有名な詩がある。

幾たびか辛酸を歴《へ》て志《こころざし》始めて堅し
丈夫は玉砕するとも甎全《せんぜん》を愧《は》ず
一家の遺事《いじ》を人知るや否や
児孫《じそん》の為《ため》に美田を買わず

〈幾たびか辛い苦しみを嘗《な》めてこそ、人の志は堅固なものになる。玉と砕けることはあっても、甎（瓦）として命を永らえることを恥じる。我が家の遺訓を人は知っているだろうか。それは、子孫の安寧のために田畑を買わないということだ〉

という詩である。「美田を買わず」と言う詩句には農本主義者であった西郷の面影がのぞいている。

西郷の言葉を収めた『南洲翁遺訓《なんしゅうおういくん》』によると、西郷はこの詩を示して、

「もしこの言に違いなば、西郷は言行反したるとて見限られよ」

と述べたという。

【西南戦争】

明治初期、新政府に不満を持つ旧士族らが相次いで反乱を起こした。旧薩摩藩士が西郷隆盛を擁立した西南戦争は、最後で最大のものとなり、1万数千人の戦死者を出した。1877年2月、西郷軍が鹿児島を進発すると、各地の旧士族らも呼応した。政府軍の駐屯する熊本城を攻めたが、約2カ月包囲しても落とせず、政府軍の増派で守勢に回ることになった。西郷らは九州内を転戦した末、鹿児島に戻った。城山に籠もったが、9月24日に最期を遂げ、戦いは終結した。

西郷を主人公にした葉室さんの小説は、文藝春秋2016年1月号〜17年6月号に連載された後、『大獄　西郷青嵐賦』として刊行。続く第2部・第3部で幕末、維新を経て西南戦争までの西郷の生涯が描かれる予定だったが、葉室さんの急逝でかなわなかった。葉

室さんは、同じ時代を大久保利通の側から描く作品も準備し、18年から執筆に取りかかる予定だった。また、西郷と大久保は、葉室さんの生前に未発表で没後に発見、刊行された初期の小説『約束』にも登場する。

近代化切り開いた信念

幕末・維新と佐賀——佐賀

風に誘われるまま佐賀に足を運んだ。

前回、鹿児島に旅して薩摩藩が幕末に造った反射炉跡を見学した際、「わが国で最も早く反射炉の建造に成功したのは佐賀藩だ」と聞いたからだ。

わが国の近代化は佐賀から始まったと言えるかもしれない、と思いつつ肥前路を歩いた。

雲一つない快晴の日だった。

築地《ついじ》反射炉跡や佐賀城跡などを見学した後、このほど「明治日本の産業革命遺産」として世界文化遺産登録された三重津海軍所跡に行った。

見わたすと、筑後川の支流である早津江《はやつえ》川ののどかな風景が広がっていた。ここでわが国初の本格的な蒸気船が造られたとは信じられない気がする。

＊

三重津海軍所は、佐賀藩が三重津に置いた御船手稽古所がはじまりで、洋式艦船を修理する「乾船渠《かんせんきょ》」（ドライドック）も備えていた。

慶応元年（１８６５）には蒸気船「凌風丸」が完成した。なぜそれほどのことができたのかと言えば、佐賀藩の幕末は、ペリーの来航より45年早い「フェートン号事件」から始まるからだ。

この事件は文化5年（１８０８）8月、当時、オランダと対立していたイギリスの軍艦フェートン号が、オランダ船の拿捕《だほ》を目的に、オランダ国旗を掲げて長崎に入港したことが発端だった。

この時、長崎港にはオランダ船がいなかったが、フェートン号はオランダ商館員を人質に取り、食糧や飲料水を要求する乱暴を働いた。

長崎奉行は、なすすべもなくフェートン号を立ち去らせた責任を取って切腹した。また、長崎警衛の当番であった佐賀藩主鍋島斉直《なべしまなりなお》は幕府から咎《とが》めを受けた。

斉直の後を継いで佐賀藩主となった鍋島閑叟《かんそう》（直正《なおまさ》）は屈辱を晴らすべく、洋式大砲の製造に着手し、わが国初の反射炉を建設した。

嘉永5年（1852）には洋式鉄製大砲を初めて製造した。

わが国の近代化の嚆矢《こうし》である。

運命的なことかもしれないが、ペリーが浦賀沖に現れる、1年前のことだった。

王政復古に際して、閑叟は朝廷・薩長側につくかどうかの態度をすぐには明らかにせず、

——肥前の妖怪

などと呼ばれた。しかし、ペリー来航以前から近代化にむけて努力してきた閑叟にしてみれば、近代的な武力も整わないのに、薩英戦争（1863）や馬関戦争（1864）で外国と軍事衝突をする薩摩や長州を信じる気になれなかったのだろう。

攘夷《じょうい》を看板に掲げていた薩摩と長州が主流の新政府が、開国、近代化の路線を歩み始めたことの方が、妖怪じみていた。

閑叟は朝廷側につくことを決断し、戊辰戦争においては佐賀藩のアームストロング砲と軍艦が威力を発揮した。

*

三重津海軍所跡のそばには、佐野常民《つねたみ》の記念館（現・佐野常民と三重津海軍所跡の歴

史館）が立っている。常民は日本赤十字社の初代社長となって、博愛の精神を広めたことで知られる。だが、なぜこのような場所に、と思って記念館を訪ねた。

展示によると、常民は幕末には佐賀藩士で藩の精煉方《せいれんがた》主任だったという。幕府の長崎海軍伝習所で学び、蒸気機関車の模型や電信機を試作した後、海軍取調方付役として三重津海軍所で蒸気船製造にあたったのだ。

近代化へ向けての優秀な技術者だった常民は慶応3年（１８６７）、藩命によりパリ万国博覧会に参加し、ヨーロッパを訪れた。その際に赤十字社の存在を知り、感銘を受けた、というのは不思議な巡り合わせというしかない。

常民が戦争での負傷者を敵・味方の区別なく治療する博愛の精神を実行しようと思いたち、政府に建言したのは明治10年（１８７７）、西南戦争の際だった。さすがにこの時は政府が容《い》れるところとはならなかったが、常民はあきらめず、その後、日本赤十字社を設立する。

常民の抱いた夢は、わが国の近代化の中でも良質の部分であったと思える。

赤十字社の理想に影響を与えたのは、クリミア戦争（１８５３〜１８５６）において傷病兵を献身的に看護したナイチンゲールであるとされる。ナイチンゲールは〈白衣の天使〉という看護師の呼ばれ方に対し、

天使とは、美しい花をまき散らす者ではなく、苦悩する者のために戦う者である

という趣旨の言葉を残したと伝えられる。良質な近代化に向けての常民の奮闘を表す言葉でもある。

＊

ところで、私の母方の先祖は佐賀の武士だった、と親戚では伝えられている。

明治７年（１８７４）、明治政府に不満を募らせた士族が起こした「佐賀の乱」（地元では「佐賀戦争」という）の時、元司法卿の江藤新平《えとうしんぺい》や島義勇《しまよしたけ》を擁した反乱側に属さず、中立の立場を取ろうとした。

だが、現実は厳しく、政府軍によって反乱が鎮圧された後、周りから非難されて、それまで住んでいた場所から出ていかざるを得なくなったという。わが先祖にしてみれば信念があってのことだろうが、政治的な混迷の時期には過激な言動が支持を得て、良識派は主流とはなり得ないということなのだろう。

明治政府は、

――薩長土肥

を中心勢力にスタートしたとされるが、近代化の先駆けであった佐賀藩の影はいつの間にか薄らいだ。

「佐賀人は良識という荊棘《けいきょく》の道を歩んだのだ」と、私の先祖は思っているかもしれない。


【鍋島直正（1814〜1871）】

「閑叟」は号。17歳で10代佐賀藩主となり、財政を立て直すために藩政改革に取り組んだ。また、医学校や海軍学校を創設し、藩校「弘道館」を拡張するなど教育にも力を入れた。佐賀藩は福岡藩と交代で長崎港警護を担当したことから、海外の情報をいち早く入手でき、西洋の科学技術を積極的に採り入れた。雄藩となった佐賀からは、佐野常民（１８２２〜１９０２）、江藤新平（１８３４〜１８７４）、大隈重信（１８３８〜１９２２）ら、幕末・明治時代に活躍した人材が輩出した。

「草枕」のその後を思う

宮崎兄弟と夏目漱石——小天（熊本県）

熊本市からおよそ20キロ、熊本県玉名市の小天《おあま》を訪ねた。
みかん畑が続く丘陵を歩いて登れば汗が滴り、息が切れる。それでも登り詰めれば陽光に輝く有明海が望め、島原半島の山容がうかがえた。坂道を登る間に頭に浮かんだのは、

智《ち》に働けば角が立つ。
情に棹《さお》させば流される。

という夏目《なつめ》漱石《そうせき》（1867～1916）の『草枕』に出てくる言葉だった。小天は『草枕』の舞台となったところだ。

漱石の『吾輩《わがはい》は猫である』を初めて読んだのは小学生のころだ。学生時代に『坊っちゃん』『三四郎』と読み進んだから、漱石はわたしの青春の書だった。漱石には読み返すたびに何か新しい発見がある。時代を経るごとに新しくなっていく不思議な作家だ。

＊

明治29年（1896）、熊本の旧制第五高等学校に赴任した漱石は、翌明治30年（1897）暮れ、小天を訪れた。泊まったのが前田家別邸だった。作中に「村のものもちで、湯治場だか、隠居所だかわかりません」とある那古井《なこい》温泉のモデルだ。『草枕』の主人公の画工はここで、那美《なみ》という女性と出会う。那美は謎めいた女性で画工に鏡の池の話をして、

「私が身を投げて浮いているところを――苦しんで浮いてるところじゃないんです――やすやすと往生して浮いているところを――奇麗な画《え》にかいて下さい」

などと言う。風呂場で裸の那美と出会う場面も有名だ。

そんな那美にはモデルがいた。前田家の娘、卓《つな》（1868～1938）だ。卓の父で

前田家当主の案山子《かかし》は九州の自由民権運動の闘士であり、国会議員にもなった。案山子は槍術《そうじゅつ》の達人でもあり、卓も剣や薙刀《なぎなた》、小太刀を仕込まれて、かなりの腕前だったという。

漱石が前田家別邸に泊まった時、卓は離婚して実家に戻っていた。『草枕』で画工と那美の間には胸の奥底での真情の交流があったかに思える。それならば、漱石と卓はどうだったのか。

小天での出会いの後、漱石と卓にはそれぞれの人生が待っていた。漱石は国民的な作家となり、卓は意外なことに中国革命家の孫文《そんぶん》（１８６６～１９２５）らを助けることで、１９１１年に起こった辛亥《しんがい》革命と関わる。

＊

『草枕』の世界と中国の革命はつながっているのだ。

『草枕』が発表されたのは、明治39年（１９０６）9月。このころ、卓は3度目の結婚を解消し、東京に出ていた。卓が身を寄せたのは、孫文と中国人留学生らが東京で設立した中国同盟会の事務所の民報社だった。

民報社に卓を取り持ったのは卓の妹、槌《つち》の夫である宮崎滔天《みやざきとうてん》（１８７１～１９２２）

だ。現在では柳原白蓮《やなぎわらびゃくれん》と駆け落ちした宮崎龍介《りゅうすけ》の父親として知られる滔天だが、中国革命のために奔走し、孫文から、

「革命におこたらざるものは宮崎兄弟なり」

と言われた。滔天には、社会運動や革命に奔走した兄たちがいた。その一人、八郎は「九州のルソー」と呼ばれた自由民権運動家で、

天下朦朧《もうろう》として皆夢魂
危言、独り乾坤《けんこん》を貫かんとす
誰か知る凄月《せいげつ》悲風の底
泣いて読む盧騒《ルソー》民約論

という漢詩を遺《のこ》している。西南戦争（１８７７）において熊本協同隊を結成して薩摩軍に合流し、戦死した。

滔天は兄たちの理想を受け継ぎ、孫文を助けて尽力を惜しまず、革命運動に生涯を捧げた。西南戦争で八郎から発した革命の星火は、アジアへと広がったと言える。

*

卓は妹を通じて滔天を知り、紹介されるまま民報社に住み込み、孫文たち中国人革命家や留学生の食事や身の回りの世話をした。

さらに卓は帰国する革命家を変装して神戸まで送り届けたりするなどしたらしく、

「随分危ない橋を渡った」

と当時を振り返っている。そんな卓が漱石と再会したのは大正5年（1916）、小天での出会いから十数年後のことである。漱石の自宅を訪れた卓は、『草枕』の後の人生を語った。漱石は、

「そういう方であったのか、それでは一つ『草枕』も書き直さなければならぬかな」

と言ったという。卓は、再会を喜び、

「本当にわたくしという女が解《わか》っていただけたのだろうと存じます」

と語り遺した。

漱石はこの年12月に亡くなる。漱石が卓をどのように理解したのかはわからない。しかし、『草枕』の最後の場面。別れた夫が乗った汽車を茫然《ぼうぜん》と見送る那美の顔にいまだかつて見たことのない「憐《あわ》れ」が浮いているのを見て、画工は、

「それだ！　それだ！　それが出れば画になりますよ」

と那美の肩を叩《たた》きながら小声で言う。

小天で会った時、漱石はわかっていたのではないだろうか。卓が自らの心の赴くままに生きることを。

【宮崎兄弟】

宮崎滔天は現在の熊本県荒尾市で生まれた。男女11人きょうだいの末弟。兄姉のうち、西南戦争で戦死した八郎（１８５１〜１８７７）のほか、民蔵《たみぞう》（１８６５〜１９２８）、彌蔵《やぞう》（１８６７〜１８９６）も社会運動や革命運動に身を投じた。

民蔵は、貧しさにあえぐ小作人の姿から土地制度に疑問を持ち、「天がつくった土地の均等所有は基本的人権の一つ」と訴えて欧米まで遊説した。彌蔵は革命によって中国に理想の国を築くことを願ったが、若くして亡くなった。滔天は彌蔵の情熱を引き継いで中国の革命家たちと友情を育み、明治30年（１８９７）には荒尾の宮崎家に孫文を招くなど、中国終生支援した。

宮崎八郎は葉室さんの小説『約束』に登場する。

革命夢見た一途な人生

宮崎滔天――荒尾（熊本県）

夢とは何か。

そんな問いを発してしまうのは、明治時代に社会運動や革命運動に身を投じた熊本の宮崎八郎、民蔵、彌蔵、滔天兄弟のことを考える時だ。

宮崎兄弟が生まれ育った家は、今も熊本県荒尾市に保存されている。敷地内に宮崎兄弟資料館がある。茅葺《かやぶ》きの屋根、広い座敷、台所の土間など、昔ながらの日本家屋の佇《たたず》まいだ。庭の木々の緑も昔をしのばせる。

宮崎家から西に３００メートルほど行くと、有明海に出る。対岸には多良《たら》岳《だけ》や雲仙岳がそびえる。

夢を抱く少年にとって、何事か叫びたくなる雄渾《ゆうこん》な風景だ。滔天は砂浜に立ち、大声で山々に呼びかけたという。

＊

嘉永4年（１８５１）に生まれた八郎は、「東洋のルソー」と言われた中江兆民《なかえちょうみん》に師事し、現在の熊本市北区植木町に自由民権派の学校「植木学校」を設立した。明治10年（１８７７）の旧士族の反乱「西南戦争」では、八郎は一転して熊本協同隊を結成し、薩摩軍に加わる。戦死した際、懐に抱いていたルソーの『民約論』は八郎の夢だったろう。

八郎の思いは、弟である民蔵、彌蔵、滔天にも引き継がれる。自らの生活を擲《なげう》ち、壮大なものに向かって人生をひた走る夢である。

民蔵は、「土地の所有が基本的人権の一つ」という土地復権論を生涯唱え、運動した。彌蔵は、欧米列強による植民地化が進んでいた清王朝支配の中国に革命を起こそうと考えた。横浜中華街で中国人になりすまし、辮髪《べんぱつ》姿で暮らして機会をうかがうが、病に侵され、29歳で倒れた。そんな彌蔵の夢を継ぎ、革命家の道を進んだのが滔天だった。滔天は、中国革命を目指していた孫文と出会い、共鳴して孫文の活動を献身的に支えた。

１９００年10月、孫文は滔天らと「恵州蜂起」を起こすが、失敗。滔天は蜂起での日本人同志の背任事件の責任を負って苦しい立場になる。失意の滔天は浪曲師となって巡業しながらも孫文への支援を続けた。そして11年10月に「武昌《ぶしょう》蜂起」が起き、翌年1月、孫文の大総統就任式に滔天も参列した。

中華民国が誕生、辛亥《しんがい》革命が成し遂げられたのだ。孫文は「革命におこたらざるものは宮崎兄弟なり」と言った。

*

宮崎滔天に関わるトークショーが、このほど熊本市内であった。新刊の『謀叛《むほん》の児《こ》　宮崎滔天の「世界革命」』の著者加藤直樹さん（50）と、『評伝宮崎滔天』の著書がある社会思想史家渡辺京二《わたなべきょうじ》さん（86）の対談だった。会場は本屋兼カフェである「橙《だいだい》書店」で40人ほどの聴衆を前に、加藤さんが宮崎滔天への思いなどを語った。

私も会場の隅で傍聴した。波瀾万丈《はらんばんじょう》の生涯を送り、誤解されることも多かった滔天について、加藤さんは「東アジアと日本というテーマで思索する時、同じテーマで考え、悩み、模索した宮崎滔天は、百年前の友人として今も対話すべき人物である」としている。

革命家としての人生を歩んだ滔天が、目指したものは何だったのか。加藤さんの著書によると「世界革命としての中国革命」という政治的なテーマであったようにも思えるが、それだけではないだろう。

晩年の滔天は失意と虚無のうちにあり、索漠《さくばく》としていた気配がある。渡辺さんの評伝によれば、

　この人は運動者としてはもともと初手から「破産」している人であった。なぜなら、彼が生きていた時代にあっては、彼が追い求めていた政治思想的目標は、いかなる現実的政治目標にも解消できないひとつの夢まぼろしであったからである。

ということになる。滔天に浪曲「落花の歌」がある。その最後の部分を紹介する。

万国共和の極楽を、
斯世《このよ》に作り建てなんと、
心を砕きし甲斐《かい》もなく、
計画破れて一場の、
夢の名残の浪花武士、

刀は棄《す》てて張り扇、
たたけば響く入相《いりあい》の、
鐘に且つ散るさくら花。
響きなば花や散るらん吉野山
心して撞《つ》け入相の鐘。

果たされぬ夢を追ったのが、明治の日本人だったということだろうか。

＊

ところでトークの中で加藤さんが、ロシアの革命家レオン・トロツキー（1879〜1940）の遺書にある言葉、

人生は美しい。未来の世代に属する人びとをして、すべての悪、すべての抑圧、そしてすべての暴力を打ちはらい、人生を心ゆくまで楽しませよ……。

にふれた。トロツキーはロシア革命の後、亡命し、やがて暗殺される。その死の半年

前に書いたものだという。

トロツキーは病に侵されており、暗殺されなかったとしても残された時間は少なかっただろう。だからこそ「人生は美しい」と言わずにはいられなかったのか。加藤さんが感銘を受けた言葉だという。

一方、渡辺さんはトロツキーという人物への疑問を呈した。トロツキーは革命家だけに毀誉《きよ》褒貶《ほうへん》があるからだ。

だが、そのこととは別に、言葉はひとの心に何かを与える。

「人生は美しい」という夢も滔天の中にあったかもしれない。


【宮崎滔天（１８７１〜１９２２）】


現在の熊本県荒尾市で郷士の八男として生まれる。革命によって中国に理想の国をつくろうと願いながら早世した兄の彌蔵（１８６７〜１８９６）の思いを継ぐ。中国での蜂起失敗などの挫折を繰り返したが、自身の半生をつづった『三十三年之夢』（１９０２）で当時無名だった孫文を紹介し、日本にいた中国人留学生らに感銘を与えた。さらに同書の中国語版出版によって、孫文の名を中国人の間に知らしめた。辛亥革命後の１９１３年、孫文が国賓として来日した際には荒尾の宮崎家を訪ねるなど、２人の友情は終生続いた。

本文中のトロツキーの言葉は、菊地昌典『トロツキー』（講談社）によった。

日米の光と影
生きた男

金子堅太郎と明治憲法～日露戦争——福岡

ある人物の事績を知りたいと思って福岡市内を歩いた。

中心部のオフィスビル街を歩いていると石碑がひっそりと立っているのを見つけた。

黒田家の藩校、

——修猷館《しゅうゆうかん》
の跡地であることを示す碑だ。

黒田藩の東学問所修猷館は7代藩主黒田《くろだ》治之《はるゆき》の遺命により、天明4年（1784）、福岡城の「上の橋」の前に開校した。藩士の子弟は11歳になると入学し、朱子学や国学、和歌を学び、武術の稽古も行った。この中に勘定所付の下級武士の子である一人の少年がいた。

少年が修猷館に入学したころ、下関海峡で長州藩による外国艦船への砲撃があり、幕末の風雲は急を告げていた。

＊

少年が元服した年、慶応3年（1867）に15代将軍徳川慶喜は大政奉還した。時代の急転が下級武士の子にもチャンスを与えた。旧家臣の優秀な子弟を育てようと考えた黒田家の出資でアメリカに留学。さらに明治政府の官僚として順調な出世を遂げた。このころ長州出身の伊藤博文の側近となっていた少年は、北海道視察を命じられた。32歳。もはや少年とは呼べない。

ハーバード大学に留学した経験を持ち、「伊藤の懐刀」などと呼ばれていた。「懐刀」は樺戸《かばと》集治監《しゅうちかん》（監獄）の囚徒を道路建設に使役《しえき》すべきだと次のように報告した。

〈彼等《カレラ》ハ固《モト》ヨリ暴戻《ボウレイ》ノ悪徒ナレハ其《ソノ》苦役ニ堪ヘス斃死《ヘイシ》スルモ尋常ノ工夫カ妻子ヲ遺《ノコ》シテ骨ヲ山野ニ埋ムルノ惨状ト異ナリ〉

〈囚徒ヲシテ是等《コレラ》必要ノ工事ニ服従セシメ若《モ》シ之《コレ》ニ堪ヘス斃《タオ》レ死シテ其人員ヲ減少スルハ監獄費支出ノ困難ヲ告クル今日ニ於テ万已ムヲ得サル政略ナリ〉

「囚徒が難工事のために死んでも一般の工夫が死ぬのとは異なる。囚徒が斃死しても監獄の出費が少なくなるから、やむを得ない政略だ」という。

少年は冷徹な官僚になっていた。

＊

私が事績を知りたいと思った人物は、

――金子《かねこ》堅太郎《けんたろう》

である。福岡出身の著名人だ。嘉永6年（1853）に筑前国早良郡鳥飼村（現・福岡市中央区鳥飼）に生まれた。現在は、旧居跡の近くの神社に生誕地であることを示す碑があるだけだ。修猷館は明治4年（1871）の廃藩置県により、いったん廃校になったが、その後、金子の支援もあって再興した。現在は福岡県立修猷館高等学校として、福岡市早良区西新にある。訪れて金子について先生方に聞いた。「国際的な視野を持った大先輩」として生徒たちに教えているとのことだった。

金子の事績として知られるのは日露戦争に際しての外交での活躍だ。明治37年（1904）、明治天皇臨席の御前会議でロシアとの開戦やむなしと決まった日、既に貴族院議員となっていた金子は、枢密院議長の伊藤博文から霊南坂の議長官邸へ呼び出された。金子はかつて伊藤の秘書官を務め、明治憲法制定に当たっては井上毅《こわし》、伊東巳代治《いとうみよじ》とともに草案作りに尽力していた。

金子を呼び出した伊藤が命じたのは、ただちにアメリカに赴き、戦局を見つつ、日露講和の斡旋《あっせん》を依頼することとアメリカ国内世論の対日友好化を図れというものだった。

「ルーズベルト氏との関係は君が一番親密だ。君の外にない。君が往《ゆ》かなければ亜米利《アメリ》加《カ》は取《と》逃がす」（金子講演録『日露戦役秘録』より）

これが、伊藤が金子に与えた言葉だった。

金子はハーバード大学ロー・スクール（法学部）に学んでおり、同じ時期、後に大統領となるセオドア・ルーズベルトも在学していた。

金子はルーズベルトのクラスメートだったと伝えられることがあるが、実際には違う。在学中は会うことがなかったが、明治22年～23年（1889～1890）、議院制度調査のため欧米を旅行した際、知人の紹介で「将来、大統領になる男」としてルーズベルトと会い、知己となっていた。

これが十数年後の日露戦争の際に役立った。周知のようにルーズベルトはポーツマス会議での日露戦争の講和を斡旋し、わが国は戦争を終えることができた。かつて修猷館に学んだ少年は冷徹な官僚となり、やがて戦争終結に貢献したのだ。

＊

だが、その後、アメリカでは日本人移民に対する排斥運動がしだいに高まっていく。金子も日米の親睦を目的とした日米協会の会長職を降りざるを得なくなった。

ルーズベルトは大正８年（１９１９）に心臓発作のため死去。享年60。金子は長命で日米が開戦した後の昭和17年（１９４２）５月に没した。89歳。

アメリカとの戦争の行く末については悲観的だったという。死去に際し、ニューヨーク・タイムズは、戦時中にもかかわらず、

――平和の唱道者

として金子の追悼記事を掲載した。金子は近代における日米関係の光と影を一生のうちに体験した。

「君が往かなければ亜米利加は取逃がす」

金子に与えられた使命は、現在もわが国の重いくびきとなっているのかもしれない。

【金子堅太郎（１８５３〜１９４２）】

明治〜昭和前期の官僚・政治家。伊藤博文に重用され、大日本帝国憲法（明治憲法）、皇室典範などの起草に当たった。第３、４次伊藤内閣では農商務相、司法相を務め、１９００年の伊藤らの立憲政友会結成にも参画した。

一方、１８９０年に日本法律学校（日本大学の前身）が開校すると、初代校長に迎えられた。歴史家としての顔も持ち、『明治天皇紀』『維新史』の編修に携わった。『黒田如水伝』などの著作もある。本文の金子の報告は「北海道開拓建議七箇条」（１８８５）から。

葉室さんの小説では『月神』に金子が登場する。

「誠」を貫いた小さき者

小村寿太郎と日露戦争――飫肥（宮崎県）

快晴。遠く山並みが見えるが山容はそれほど大きくはない。

宮崎県日南市の飫肥《おび》に行った。飫肥藩5万1千石の城下は飫肥城の南側だ。三方を酒《さか》谷《たに》川に囲まれ、南北に3本の街路、東西に7本の街路が走り方形に区画されている。いまも飫肥石や玉石の石垣と生け垣に囲まれた武家屋敷が残っている。

市国際交流センター小村記念館（現・小村寿太郎記念館）を訪れた。

日露戦争においてポーツマスで開かれた講和会議で全権として奮闘、日露講和条約を締結した飫肥出身の外交官小村寿太郎《こむらじゅたろう》は、飫肥藩の徒士《かち》の子として生まれた。

藩校振徳堂《しんとくどう》で頭角を顕《あらわ》し、明治になって上京。学問に励み、明治8年（1875）、選ばれて文部省第1回留学生となり渡米、ハーバード大学に入学した。帰国し、司法省を経て外務官僚となったが、父が経営していた会社の倒産により巨大な負債を抱え、困窮した。

この時期、小村は色が褪《さ》めたフロックコート、破れた靴という姿で、傘は持たず、雨の日は濡れて歩くという有り様だった。

それでも小村はやがて外務大臣陸奥宗光に見いだされ、外交官として出世の階《きざはし》を上り始める。作家吉村昭は小村を描いた『ポーツマスの旗』の中で、小村の風貌《ふうぼう》を次のように書いている。

小柄なかれの存在は、欧米人の眼をひいた。あらゆる所に顔を出し、せわしなく動きまわる小村に、かれらは鼠《ねずみ》公使（rat minister）という渾名《あだな》をつけた。

だが、〈小柄なかれ〉、小村の生涯は小さき者が強大な者に立ち向かうという主題に貫かれている。それが、彼自身の使命だったのではないか、とも思える。

*

記念館で小村のフロックコートなどの展示を見た。「小村寿太郎は刻苦勉励のひとでした」と、日南市役所文化財専門担当官の長友禎治《ながともていじ》さんから説明を受けた。その後、城跡をめぐり、町を散策して道沿いの日当たりの良い喫茶店に入った。

コーヒーの香りを味わいながら考えたのは、小村が、飫肥藩と隣の薩摩藩の紛争の歴史を背負っていたからロシアとの交渉で屈しなかったのではないか、ということだ。

飫肥藩と薩摩藩は鰐塚《わにづか》山から牛の峠に至る境界線をめぐって江戸時代初期から対立し、幕府の裁定をあおぐなどしてきた。薩摩藩が大藩の力に物を言わせて圧迫するのに飫肥藩は耐え忍び、たがいに絵図や古記録などの証拠を出し合っての訴訟を懸命に闘った。

この結果、延宝3年（１６７５）、幕府が飫肥藩側の主張を認める裁決を下し、飫肥藩側勝訴の結果の上で両藩の境界が確定した。小村の体内には、そんな〈飫肥の血〉が流れていた。

＊

今回の旅でよく聞いたのは、

——小倉処平《おぐらしょへい》

という名だ。いまでも飫肥では、

「小倉さんは偉かった」

と言い伝えられている。小村も藩校時代に小倉に見いだされ、東京へ出る道を開いてもらった。いわば恩人である。その小倉が政府に仕えて出世しなかったのは、明治10年（1877）の西南戦争の際、一隊を組織し薩軍に身を投じ、戦死したからだ。当時、地元では小倉について、

――飫肥の西郷隆盛

と呼んでいたという。司馬遼太郎の『翔ぶが如く』では小倉について、

小倉は政府留学生として英仏で政治経済を学び、かつフランス仕込みの自由主義者であったことは、まぎれもない。かれがなぜ飫肥の子弟をひっさげ、進んで西郷に従ったかが、謎とされている。

と首をかしげるようにして書いている。一方、小倉と小村の関係については、

小倉は飫肥における教え子の小村寿太郎を愛し、小村も生涯この師を敬慕した。この時期、小村は文部省留学生として米国ハーバード大学に在学中だったが、もしそうでなければ小倉とともに従軍していたであろう。

としている。小倉がなぜ薩軍とともに戦ったのかはわからないが、少なくとも巨大な

政府に膝《ひざ》を屈することをよしとしなかったのは、確かだ。

＊

小村は、ポーツマス講和後に別の大きな敵に遭遇する。日露戦争には１０８万人を超える軍人・軍属が動員され、このうち約８万４千人が戦死したとされる。国民は家族の働き手の男子を失い、非常時特別税などの圧迫も受けた。だが、賠償金を取らない講和によって得たものの少なさに国民は納得せず、東京・日比谷で開かれた集会に参加した人々は、憤激のあまり暴徒と化し、焼き打ち事件を起こした。

小村は国民の怒りを予想していたようだ。それでも、戦争は終わらせなければならないという信念は崩さなかった。小村が常々、言い残した言葉は、

余は敢《あえ》て人より特に優れたところがあろうとは思わぬ。もし万一にも余に採るべきものがあるとしたならば、それは唯「誠」の一字に尽くされると思う。

である。

外交官としての小村は日露戦争後、韓国併合や満州進出を促進していく。しかし、ポ

ーツマスの小村には平和への「誠」があったと思ってもいいのではないだろうか。

【小倉処平（１８４６〜１８７７）】

小村寿太郎とは親戚関係にあたり、終生、師と慕われた。

江戸で儒学者の安井息軒《そっけん》に学ぶ。藩校振徳堂で教え、明治になると、小村らを長崎に留学させる。副島種臣らの推薦で文部省入りし、小村が大学南校（現在の東京大学）で学ぶ際にも助力した。

英仏に留学したが、征韓論争を知って帰国。副島や西郷隆盛らが下野すると、飫肥に戻る。１８７４年の佐賀の乱では、敗れた江藤新平らが頼ってきたのを土佐へ逃がし、罪に問われた。後に大蔵省に勤めたが、１８７７年に西南戦争が起こると、帰郷して薩摩軍側に加わった。

本文中の小村の言葉は１９１１年に雑誌「中学世界」に寄せた「『誠』の一字」から。

平和求めた
歴戦の名将

日露戦争と島村速雄――柳川（福岡県）

福岡県柳川市を訪れた。明るい陽射《ひざ》しが照らす水路の輝く水面が、木々の緑を映してゆらゆらと深緑色を湛《たた》えている。

柳川出身の詩人、北原白秋《きたはらはくしゅう》（１８８５～１９４２）は、明治44年（１９１１）に発表した抒情《じょじょう》小曲集『思ひ出』で、故郷の柳川（柳河）を、

私の郷里柳河は水郷である。さうして静かな廃市の一つである。

としている。なぜ廃市なのか、

自然の風物は如何《いか》にも南国的であるが、既に柳河の街を貫通する数知れぬ溝渠《ほりわり》のにほ

ひには日に日に廃れてゆく旧《ふる》い封建時代の白壁が今なほ懐かしい影を映す。

豊かな自然風景のもと、江戸時代の町並みを思わせる白壁は過去のものであり、廃れていくものだ、と白秋には思えたのだ。

水郷柳河はさながら水に浮いた灰色の柩《ひつぎ》である。

とも、白秋は言う。だが、過去を置き去りにして移りゆく風景を柩というのならば、歴史そのものが柩なのだと言えるかもしれない。

*

ところで、柳川を訪れたのは、戦国武将の立花宗茂《たちばなむねしげ》に始まる柳川藩の歴史を伝える立花家史料館で、ある手紙について調べるためだった。

立花家16代の和雄氏（１９０７〜１９９４）は、立花家15代の鑑徳《あきのり》氏の次女文子《あやこ》さんと結婚し、婿養子として立花家を継いだ。

和雄氏の実父は、日露戦争（１９０４〜１９０５）で連合艦隊司令長官東郷平八郎《とうごうへいはちろう》のもと、参謀長などを務めた島村速雄《しまむらはやお》である。東郷に深く信任されていた。

日本海海戦の前に連合艦隊は、ウラジオストクに向かうロシアのバルチック艦隊が対馬海峡を通って日本海コースをとるか、太平洋をまわるか判断に迷った瞬間があった。この時、東郷は島村の意見を採り、連合艦隊は対馬海峡で迎え撃ち、大勝することができたという。

司馬遼太郎の小説『坂の上の雲』では、第二艦隊第二戦隊司令官の島村が連合艦隊の旗艦、三笠の長官室に乗り込んだ場面を、

> 島村は起立したまま、口をひらいた。かれはあらゆるいきさつよりもかんじんの結論だけをきこうとした。
>
> 「長官は、バルチック艦隊がどの海峡を通って来るとお思いですか」
>
> ということであった。
>
> 小柄な東郷はすわったまま島村の顔をふしぎそうにみている。（中略）やがて口をひらき、
>
> 「それは対馬海峡よ」

と、言いきった。

と描写している。島村は東郷の一言をきくなり、一礼して長官室を去るのだ。

*

日露戦争の後、島村は海軍兵学校校長を務めていたが、和雄氏が生まれた時、日本にいなかった。オランダのハーグで開かれた「第2回万国平和会議」に、陸軍の秋山好古《あきやまよしふる》とともに出席していた。

この平和会議では軍縮については成果を得なかった。

和雄氏の自伝『柳川の殿《トン》さんとよばれて…旧柳河藩第十六代当主立花和雄私史』によれば、島村は成果を得られず、疲れた顔をして帰国したが、和雄氏の誕生を喜び、すでに家族がつけていた名について、

「平和の和とオレの名前の雄をとって、カズオか。実に良い名だ」

と喜んだ。

立花家には、島村が和雄氏の誕生を喜んでハーグから寄せた手紙が伝来しているという。

植野かおり館長は「日本海海戦で東郷平八郎を補佐した島村速雄が、平和を求める気持ちが強かったことが手紙からうかがえます」と話す。

戦争は外交努力によって起こらないようにすべきものだが、たとえ軍事衝突が起きても、いかに終結させ、平和を構築するかを考えない安全保障の議論は無意味だろう。日露戦争を経験した名将が平和を心から望んでいたということは忘れてはならない。

＊

和雄氏の自伝によれば、島村が海軍軍令部長として東京にいた時、小学生の和雄氏が父を訪ねて部長室に行ったことがある。

その時、島村は2人の客に対して烈火のごとく怒っていた。

客は特殊潜航艇の設計図らしきものを持ってきていた。島村は真っ赤な顔をして怒気をみなぎらせ、「こんなものを乗せていたら士気に影響する。武器じゃないッ。こんなもの」と言って、手にしていた図面を机の上にたたきつけた。

後の太平洋戦争で使われた特攻兵器「人間魚雷」の原型のようなものだったようだ。

日露戦争を戦った島村が持っていた平和を求める心や、人命を使い捨てることを何とも思わない考えへの怒りは、その後の時の流れの中で、暗渠《あんきょ》にのみ込まれるようにして失われていったのだろうか。

【立花宗茂（1567～1642）】

　戦国～江戸前期の武将。1587年、九州を平定した豊臣秀吉に大名に取り立てられ、柳川を城地と定める。だが、1600年の関ケ原の戦いで西軍に属したため改易。浪人となるが、徳川秀忠に許され、奥州棚倉（現在の福島県棚倉町）の大名となる。

　宗茂の後に柳川を治めた田中家が跡継ぎのないまま断絶したため、1620年に宗茂が柳川藩主に返り咲く。関ケ原の戦いで改易された大名が再び同じ支配地に封ぜられた例は宗茂だけという。柳川は宗茂の後も明治維新まで代々の立花家当主が藩主として治めた。

　葉室さんには、宗茂が主人公の小説『無双の花』がある。

火のように
葦のように

火野葦平――若松（北九州市）

「曙光」の旅は晴れることが多い。だが、この日ばかりは気が重くなるような曇天だった。北九州市の洞海《どうかい》湾が青みを帯びた鉛色に見えた。作家火野《ひの》葦平《あしへい》の足跡を訪ねての旅だからなのか。

ところでフルネームではなく記す時、「火野」と呼ぶべきなのか「葦平」と書くべきなのかを迷った。筆名の由来は、妻の旧姓「日野」を「火野」に、その名の「ヨシノ」を「葦《よし》」に置き換えて組み合わせたのだという。「火」と「葦」、それぞれに作家のイメージがあり、しかも相反する印象がある。

＊

明治39年（1906）12月3日（戸籍上は翌年1月25日）、現在の北九州市若松区に、若松港の荷役請負業「玉井組」の玉井《たまい》金五郎と妻マンの長男として生まれた。本名・玉井勝則《かつのり》。

玉井組は筑豊の石炭産業最盛期に若松港で小舟から沖の本船への石炭積み出しを担い、

――ゴンゾウ

と呼ばれた沖仲仕《おきなかし》たちの組だ。わが国の近代産業勃興期の男の汗の臭いがする労働者を束ねた父を、作家は後に小説『花と龍』で描くことになる。

旧制小倉中学時代に文学を志し、早稲田大学に進学した。昭和3年（1928）、福岡歩兵連隊に入営、除隊後に大学を中退、玉井組に入って「若親父」としてゴンゾウたちとともに生きた。3年後、若松港沖仲仕労働組合を結成、闘争を指導、「洞海湾始まって以来のゼネラルストライキ」を行った。その後、警察に逮捕された。釈放後、転向して文学の世界に戻り、火野葦平をペンネームとした。

このような生き方を思う時、「九州の火床から生まれた作家」と言いたくなる。だとすれば「火」なのだろうか。

しかし、昭和12年（1937）、日中戦争により応召し、従軍前に書いた『糞尿譚《ふんにょうたん》』により戦地で芥川賞を受賞。徐州作戦従軍記である『麦と兵隊』、続く『土と兵隊』『花と兵隊』の兵隊3部作がベストセラーとなってからは、人間としての悩みや繊細さをうかがわせる作家になった。

戦争、さらには敗戦という大きな影の下を生きたからだ。その様は「葦」のようではないか。「葦」は吹く風に打ち伏し、逆境のなかで屈服したかのように見える。しかし、風が去れば、頭をもたげ、再びもとの姿に戻って微風に揺れるのだ。

*

戦時中は兵隊であり、作家であることがもてはやされた火野葦平は、戦後は一転して戦争協力者として公職追放された。その後、追放を解除されると、『魔の河』『革命前後』など戦後の代表作を書いた。一方で兵隊3部作の印税で建った大きな家に文学仲間を集め、酒宴を催し、九州文壇の中心として豪放《ごうほう》に生きた。だが、昭和35年（1960）1月24日に睡眠薬で自死した。53歳。敗戦から15年後の死だった。

河童《かっぱ》が好きだった作家にちなんで「河伯洞《かはくどう》」と名付けられた旧居を訪ねた。現在は北九州市に寄贈されている。管理人で葦平の三男、玉井史太郎《ふみたろう》さん（79）は、書斎兼寝室

で亡くなっている父を見たときは自死とは思いもよらなかった。その後、

死にます。
芥川龍之介とはちがふかも
知れないが、或《あ》る漠然とした
不安のために。
すみません。
おゆるし下さい。
さやうなら。

とノートに記された遺書が見つかった。

「なぜ、父は自殺したのだろう」

史太郎さんは考え続けることになる。三十数年後、史太郎さんは父の遺した資料の中から『土と兵隊』の戦後版の校正原稿の細かい加筆を見つけた。その中に殺された捕虜の死体の山の中で、まだ死にきれずにいた中国兵と目があった瞬間のことが記されていた。

彼は懇願するやうな眼附《つ》きで、私と自分の胸とを交互に示した。射《う》つてくれと云《い》つて居ることに微塵《みじん》の疑ひもない。私は躊躇《ちゅうちょ》しなかつた。

作家は銃を向けて引鉄《ひきがね》をひいた。このことを戦後も忘れなかった。

＊

若松駅前の火野葦平資料館を訪れた。「火野葦平資料の会」の坂口博さんは「火野葦平の評価は変わってきた」と話す。戦争協力の作家ではなく、戦争への批判を持ち、抗《あらが》ったことが読み取れるという。

17世紀フランスの思想家、パスカルの『パンセ』には、

人間はひとくきの葦にすぎない

という有名な言葉がある。パスカルは葦について、

――自然のなかで最も弱いものである。だが、それは考える葦である。彼をおしつぶすために、宇宙全体が武装するには及ばない。蒸気や一滴の水でも彼を殺すのに十分で

ある。だが、たとい宇宙が彼をおしつぶしても、人間は彼を殺すものより尊いだろう。と述べている。葦平という名には、このようなイメージが込められているように思える。

やはり「葦」なのではないか。

【火野葦平（1906〜1960）】

1938年に『糞尿譚』で芥川賞。当時、在京ではなく地方からの受賞は画期的だったとされる。

故郷の北九州市若松区には創作の拠点だった旧居「河伯洞」、復元された書斎がある火野葦平資料館（若松市民会館内）、小説『花と龍』にも取り上げられた玉井組事務所跡などのゆかりの地があり、文学散歩が楽しめる。高塔山の中腹には文学碑があり、作品の舞台となった洞海湾を見下ろしている。

碑前では毎年、命日（1月24日）前の日曜日に「葦平忌」が催される。

本文中のパスカルの言葉は、前田陽一・由木康訳『パンセ』（中公文庫）によった。

雨、被爆地の怒り冷めず

原爆――長崎

なぜなのだろう。

長崎を訪れた時はいつも雨である。

雨は大地の多くの命を育む、文字通り「慈雨」であると思いたい。

だが、私が訪れた日の夕方、長崎市内の住宅が密集する斜面で石垣が崩れ落ちた。やはり、

――悲雨《ひう》

なのかとも思ってしまう。

そんなことを思うのは、長崎市出身の林京子《はやしきょうこ》さんの芥川賞受賞作品『祭りの場』を読んだからなのか。14歳の時、学徒動員された兵器工場で被爆し、体験から紡ぎ出された小説だ。

冒頭で、日本人科学者に米国留学時代の学者仲間が送った勧告書に、日本が降伏しなければ「そのときは原爆の雨が怒りのうちにますます激しくなる」とあるくだりが記されている。これに対し、林さんは書く。

私は長崎の被爆者だから顔みしりの人たちの、生命の代償による、一層の効力が計算された勧告書を、平静に読むことは出来ない。

地熱のような憤りはおそらく今も続いているのだ。それはどこへ向かうのか。林さんの作品の最後の部分で学徒の追悼歌が口ずさまれる。

春の花　秋の紅葉年ごとに　またも匂うべし。
みまかりし人はいずこ　呼べど呼べど　再びかえらず。
あわれあわれ　我が師よ　わが友　聞けよ今日のみまつり。

*

雨が降りしきる中、長崎市内を歩いた。

原爆によって吹き飛ばされた浦上天主堂の鐘楼の一部が、天主堂の北方30メートルの地点に落下し、いまも現地で保存されている。

原爆により崩壊した浦上天主堂は再建されたため、被爆時のままに保存されている旧天主堂の唯一の遺構だ。眺めていると、いまもなお残る生々しさに時間が止まっているような気がする。

被爆した旧校舎の一部が残る城山小学校を訪れた。被爆当時、校舎にいて亡くなった林嘉代子《かよこ》さんの母親が娘を偲《しの》んで寄贈した、

――嘉代子桜

を眺めた。

雨に濡れた葉の緑が濃い。

＊

長崎原爆資料館では、被爆体験の「語り部」をされている丸田和男さん（84）が宮崎県の修学旅行の中学生たちに話をされるのを聞いた。

丸田さんは爆心地から８００メートルの旧制長崎県立瓊浦《けいほ》中学校に通う中学生だった。

同校では教職員・生徒約４００人が原爆の犠牲となった。

丸田さん自身、下校して自宅にいたが、被爆し、背中にガラス片を浴びて重傷を負った。隣家の玄関で立ち話をしていた母親は即死だった。

丸田さんは修学旅行の中学生たちに、

「帰宅途中に原爆に遭い、どこでどのように死んだか分からない、71年経った今も家に帰っていない友だちもいる」と語りかける。

原爆での死、それは現代の中学生たちに伝わっただろうか。

*

芥川賞作家で原爆資料館長でもある青来有一《せいらいゆういち》さん（57）は、２０１６年5月27日にアメリカのオバマ大統領が被爆地の広島を訪れた際に、長崎市長に随行して広島市を訪れた。

オバマ大統領のスピーチにリアルタイムで耳を傾けた。長崎に戻ってからは「長崎にも来て欲しかった」「謝罪がなかった」などの厳しい意見が多かったことを知った。

原爆投下直後に救護活動に挺身《ていしん》し、映画「長崎の鐘」のモデルともなった医師の永井隆（１９０８〜１９５１）は、カトリックで被爆体験は〈神の摂理〉であったとした。言うならば、〈祈りの長崎〉の原点だった。そのことに異を唱える人も多く、論争は

永く続いた。青来さんは、

「〈怒りの広島〉に対して〈祈りの長崎〉と言われましたが、今では長崎にも怒りが求められるようになってきたと感じます」

と話す。

オバマ大統領のスピーチは、

71年前、明るく、雲一つない晴れ渡った朝、死が空から降り、世界が変わってしまいました。

と始まる。美しいフレーズだが、他人事の美しさだとも思える。広島を訪れた最初のアメリカ大統領の言葉が詩的なのは、ある意味、残酷なことだ。

われわれは、原爆が落とされたあの日から、この国の美しさを見失ってしまったのではないかと思うからだ。しかし、本当に原爆において美しさを失ったのは、被爆国ではなく、投下した国のほうであるに違いない。

妻と3人の子を原爆で亡くした長崎の俳人松尾《まつお》あつゆき（1904〜1983）が遺した、次のような句に思いをはせた。

原爆をおとした天へ頭を垂れて祈る人たち

【林京子（１９３０〜２０１７）】

長崎市で生まれ、中国・上海で育つ。長崎に戻った後、14歳の時に学徒動員中の兵器工場で被爆。１９７５年に『祭りの場』で芥川賞。２０００年に『長い時間をかけた人間の経験』で野間文芸賞。05年度に朝日賞。

【青来有一（１９５８〜）】

２００１年に『聖水』で芥川賞。長崎を舞台にした連作集『爆心』で07年に伊藤整文学賞と谷崎潤一郎賞を受賞。『爆心』『悲しみと無のあいだ』など、原爆をテーマに小説を発表。本名の中村明俊さんとして長崎市役所に勤め、２０１０年11月から定年退職する２０１９年３月まで長崎原爆資料館長を務めた。

【松尾あつゆき（１９０４〜１９８３）】

長崎で被爆し、妻と３人の子を亡くし、学徒動員中だった長女も重傷を負う。代表的な句に「なにもかもなくした手に四まいの爆死証明」などがある。

南の島唄に潜む生と死

島尾敏雄―奄美（鹿児島県）

奄美（鹿児島県）に行った。

蒸し暑く、目の前のすべてが輝いて見え、日差しが肌に痛いほどの日だった。

＊

今年（２０１７）は作家、島尾《しまお》敏雄《としお》の生誕１００年にあたる。

島尾が戦時中の昭和19年（１９４４）11月、第18震洋隊指揮官として、奄美大島の南の加計呂麻《かけろま》島に駐屯し、魚雷艇での特攻出撃を待つ日々を過ごしたことはよく知られている。

この島で島尾は後に妻となる大平ミホと運命的な出会いを果たした。

私は学生のころ島尾の作品を愛読した。文体を学びたいと思って、短編のいくつかを書き写したこともある。島尾は印象深い、特別な作家だった。

生誕１００年を記念して奄美では、ミホが島尾との出会いなどを綴《つづ》った作品を原作にした満島ひかり主演の新作映画「海辺の生と死」（越川道夫監督）の上映や加計呂麻島ツアー、島尾文学の同名の名作を映画化した「死の棘《とげ》」（１９９０）の小栗康平《おぐりこうへい》監督の講演、さらにミホの評伝『狂うひと「死の棘」の妻・島尾ミホ』の著者、梯《かけはし》久美子さん（55）の講演があると聞いて参加した。

盛りだくさんのイベントだったから、ひとつひとつについて詳細には述べられない。

島尾とミホが戦時中、逢引《あいび》きをしていたという加計呂麻島の海岸を炎天下、歩いたときには、石だらけの海岸が歩き難く、照りつける日差しに閉口して、ゴールで倒れ込んだ。

潮風は心地よく、すぐに元気を回復したのだが、風景にどことなく陰鬱《いんうつ》なものを感じたのは、『死の棘』に読みふけったからに違いない。

戦後、島尾は文学者として再出発するが、上京後、女性問題が起き、ミホが精神を蝕《むしば》まれたことは同作に詳しい。

講演会では、「ミホさんの味方です」という梯さんが精魂を傾けた取材について語り、参加された島尾とミホの息子で写真家の島尾伸三さん（69）の「戦時中、部隊のひとは父と母の逢引きを皆、知っていたようです」という淡々とした思い出話を聞いていると、不思議な神話的世界に引き込まれる気がした。

それは戦争の最中、特攻隊の若き指揮官が島の娘と恋に落ちるというロマンのある物語でありながら、戦争の重圧と死の恐怖に縁どられた世界である。

さらに、戦後、島尾とミホが向かい合った『死の棘』の世界は男女の生と愛を極限まで確かめようとする、あたかもギリシャ悲劇のような息苦しく、逃げ出したくなる日常だ。

いずれも普通の人間には耐え難いもののように思えるが、その中から奇跡的な文学が生まれたと言える。

*

そのことはさておき、島尾は昭和30年（１９５５）には、神経を病んだ妻の療養のため、奄美大島名瀬市（現在の奄美市）に移住する。県立図書館奄美分館長を務めながら、作家として創作活動に取り組み、20年間、この地にあった。鹿児島時代に島尾は奄美、沖縄について深く考えるようになる。このほど発掘された

島尾の講義録『琉球文学論』では、映画「海辺の生と死」で満島ひかりが歌った哀しい島唄、

やまとっちゅと縁結ぶなよ
やまとっちゅと縁結べば
落《う》とぅさん涙《なだ》落とぅしゅっど（落とさなくていい涙を落としますよ）

にふれて、

島の娘たちの思いをうたった歌があります。まず、そういう文学を考えてみようとしているのです

と述べている。明治以降、欧米の小説に学んできた経緯とは違う、南島のさらにはアジアの原初的な人間の存在につながる文学ということになるのだろうか。

＊

奄美では異端の日本画家、田中一村《いっそん》（１９０８〜１９７７）を記念する美術館も訪れた。

日本画から出発し、放浪の末、奄美にたどりつき、亜熱帯の植物が茂る島の風景を独特の官能美とともに描いた一村は〈日本のゴーギャン〉とも言われた。

その独特の絵を見ていると島尾が目指した文学世界もまた南島の影が濃いものだったろうと思った。『琉球文学論』では沖縄の歌「琉歌」が紹介されている。その中のひとつが、

別《わか》て面影の　　ワカティウムカジヌ
立たばぬきめしやうれ　　タタバヌチミショリ
なれし匂袖に　　ナリシニヰィスディニ
うつちあもの　　ウツチアムヌ

「別れて私のことが恋しく、逢いたくなったら、着物の袖に手を通してください。私の身体の匂いが移してありますから」という歌だ。古雅というほかない。

特攻隊経験、島の娘との恋、さらには『死の棘』の苦悶《くもん》にいたるまで、島尾は生きて流離《さすら》った時間を南島の歌の中に見つめようとしたのかもしれない。

【島尾敏雄（１９１７〜１９８６）】

作家。横浜市出身。九州帝国大学卒業後の１９４４年、第18震洋隊（特攻隊）隊長として加計呂麻島に赴任。島で出会ったミホ（１９１９〜２００７）と、戦後の46年に結婚する。だが、島尾の浮気が原因でミホは心の病を患う。『死の棘』は、この時の一家の様子がモデルとなった。ミホを療養させるため、55年に奄美大島に移住した。

主な作品に特攻隊体験をもとにした『出孤島記』『魚雷艇学生』、超現実的な『夢の中での日常』などがある。後にミホも作家として活動し、『海辺の生と死』などの著作がある。加計呂麻島の特攻隊基地の跡地周辺は公園として整備され、島尾の文学碑、島尾とミホ、２００２年に亡くなった娘マヤの墓碑が立つ。

戦の世　見つめる大先輩

古川薫―下関（山口県）

山口県下関市に91歳の大先輩をお訪ねした。骨折をされたということで市内の病院に入院しておられた。お訪ねしたのは、

――古川薫《ふるかわかおる》さん

オペラ歌手、藤原義江《ふじわらよしえ》の伝記小説『漂泊者のアリア』で1991年に直木賞を受賞された先輩作家だ。

病室ではなく、会話ができるラウンジのようなスペースで話をうかがった。西に面した窓がスクリーンのように大きく、夕方には見事な夕焼けを眺めることができるという。この日は快晴、青々とした海が陽光に照り映えていた。

＊

かつて九州・山口には古川さんとともに、白石一郎《しらいしいちろう》さん、滝口康彦《たきぐちやすひこ》さんという歴史小説家がいた。福岡の白石さんと佐賀の滝口さんはすでに亡くなられたが、山口の古川さんとともに、

――西国三人衆

とユーモアを込めて呼ばれていた。

3人はよく福岡市で集まられ、お酒を酌み交わし、白石さんのご自宅に泊まって談論風発された。「地方在住で作家として生きていくのは大変だった」と、古川さんは笑顔で話す。

「歴史小説を書くのは、歴史を凹レンズで見つめるようなもの」とも語った。凹レンズで見つめると、虚像が現れる。歴史の「虚像」が現代や未来であり、凹レンズは作者の史観なのだという。

歴史小説の話から、歴史そのものに話が及ぶと、「維新の志士で好きなのは高杉晋作だ」と熱がこもった。高杉晋作の辞世として伝えられる、

おもしろきこともなき世をおもしろく

に感心したという。

「『おもしろきこともなき』とはその通りだと。僕は大正14年（１９２５）生まれで、満6歳の時が満州事変、12歳の時は日中戦争、16歳で太平洋戦争です。いつの時代もおもしろいこともない。本当に不幸感みなぎる中に、みんな生まれて死んでいく。高杉が見事に言っているんですね」

古川さんたちの世代は戦争という大きな歴史に直面し、生死の問題を真剣に考えた。その体験に根を下ろしたところから歴史小説を書いた。

*

古川さんは去年（２０１５）、沖縄での特攻隊を描いた小説『君死に給ふことなかれ　神風特攻龍虎隊』を刊行した。

終戦間際、特攻用の飛行機が無くなったため、「赤トンボ」と呼ばれる木枠布張りの複葉練習機までもが特攻作戦に使われた。飛行機会社に勤める主人公の深田隆平は、赤トンボを修理していたが、召集されることになり、最後に修理した機の操縦室計器盤の

下へひそかに、

栄光ノ赤トンボニ祝福ヲ。武運長久ヲ祈リツツ本機ヲ誠心整備ス。

と名前とともに書きこんだ。するとある日、隆平のもとに兵士から手紙が届いた。

（略）間もなく九三中練で特攻出撃します。（中略）深田さんが誠心整備された栄光の赤トンボを操縦して行きます。
かなわぬまでもやれるだけの事はやってまいります。（中略）貴方の未来に祝福を。
その未来のなかに俺の時間も少しばかり入れてください。

手紙にはＭ・Ｋとイニシャルだけが書かれていた。

昭和20年（１９４５）７月29日夜、宮古島から「神風特別攻撃隊第三次龍虎隊」が出撃した。赤トンボの特攻隊だ。いずれも18、19歳の隊員たちが乗り込んでいた。粗末な練習機は、２５０キロ爆弾を搭載しての長距離飛行は難しく、最短距離から出撃しなければならなかった。しかも、作戦は月夜に限られた。

この中にＭ・Ｋがいた。

特攻隊は沖縄沖の夜の海上で目的のアメリカ艦を見つけた。練習機だけに夜の海を海上すれすれにゆっくりと進んだ。１隻の駆逐艦が大破、炎上して沈没、ほかの艦にも大きな被害を与えた。

特攻隊は１回の出撃で成功したのではない。逡巡《しゅんじゅん》するかのようにエンジン不調で何度も引き返す機がある。そのとき、どのような思いが隊員たちの胸に兆していたのか。

敗戦のわずか２週間余り前のことである。すでに沖縄戦も終わっており、赤トンボ特攻隊の戦果は広く知られることはなかった。

特攻までの緊迫した時間には人間の懊悩《おうのう》があった。そのことも作品の中で描かれている。

＊

古川さんは２年前、平成26年（２０１４）５月、宮古島を訪れ、第三次龍虎隊の慰霊碑に参った。

Ｍ・Ｋから手紙をもらった深田隆平の話を、古川さんは自身の実体験をもとに書いた。Ｍ・Ｋのことを書かずにはいられなかった。

時折、海に目を遣《や》りながら、古川さんは「歴史は断片を見てはいけない。全体を見なければ」と語った。

その通りだと思う。

話しながら古川さんの脳裏には、沖縄の紺碧《こんぺき》の海が浮かんでいたのかもしれない。

【古川薫（1925〜2018）】

山口県下関市生まれ。山口新聞編集局長を経て作家に。地元の長州藩や山口にゆかりの人物・歴史をテーマとした小説・随筆が多い。著作に、『高杉晋作』『獅子の廊下』など。2018年死去。葉室さんは16年11月に古川さんを訪ねた。

【白石一郎（1931〜2004）】

海と日本人の歴史的かかわりを描いた「海洋冒険小説」という分野を切り開いた。1987年に『海狼伝』で直木賞受賞。

【滝口康彦（1924〜2004）】

著作に映画「切腹」（小林正樹監督、仲代達矢主演）の原作『異聞浪人記』など。直木賞候補に計6回なったが、受賞には至らなかった。

海峡越えて　夢の歌声

長州と海――下関（山口県）

海峡を渡った。

快晴だ。唐戸《からと》の港に立つと、潮の香に包まれる。

下関側から見ると、九州は本州から海峡によって隔てられた島なのだ、と改めて思った。海峡の潮の流れが速い。音をたてて流れるかのようだ。眺めていると、歴史の滔々《とうとう》たる奔流を思わせる。ざわざわと胸の奥が騒ぎ立つ。源平争乱の時代を思い起こせば、目の前に広がるのは、平氏と源氏が船合戦を繰り広げ、安《あん》徳《とく》天皇が入水した壇ノ浦《だんのうら》だ。

壇ノ浦で平氏一門が滅亡した後も、母親の平徳子《たいらのとくし》（建礼門院《けんれいもんいん》）は生き延び、京都の大原に隠棲《いんせい》した。大原を訪ねた女官の右京大夫《うきょうのだいぶ》は悲しんで詠った。

今や夢　昔や夢と　迷はれて　いかに思へど　うつつとぞなき

唐戸から長府の功山寺に行った。

功山寺は幕末、高杉晋作が長州藩内でのクーデターを起こすにあたって、京から落ち延びていた三条実美《さんじょうさねとみ》ら五卿に決起を宣言した場所として有名だ。

＊

功山寺の境内《けいだい》を散策すると、下関市立長府博物館（現在の下関市立歴史博物館）がある。お訪ねして、館長の古城春樹さんと学芸員の田中洋一さんに幕末の長州についてお話をうかがううちに、

「西郷隆盛はどうして薩長同盟を結んだのでしょうか」

「なぜでしょうね」

という話題になった。

明治維新後には当然のこととして語られるようになったが、当時の長州は「蛤《はまぐり》御門の変」を起こし、朝敵の汚名を着せられていた。幕府による第二次長州征伐が始まろうとしており、滅亡寸前だった長州となぜ手を組んだのか。

「西郷は薩摩藩のために関門海峡の安全な通航を確保したかったのではないでしょうか」

古城さんが言った。田中さんもうなずく。なるほど、と思わずひざを打った。

長州の奇兵隊は砲撃により、海峡封鎖をもくろんでいた。

海峡は瀬戸内海航路の入り口である。ここを封鎖されれば、何より外国商船が困ったはずだ。薩英戦争を経た薩摩はイギリスと手を結びつつあった。

西郷が薩長同盟に踏み切った背景にはイギリスの思惑があったのかもしれない。

＊

ところで幕末、長州を覆った狂熱的な海防意識のルーツは、藩主の毛利氏に先立つ中国の覇者、守護大名の大内《おおうち》氏にあるのではないかと、かねてから私は考えている。

大内氏は、その祖先を百済《くだら》の聖王《せいおう》（聖明王《せいめいおう》）の第三王子である、

——琳聖太子《りんしょうたいし》

だとしていた。日本の武家はほとんどが、「源平藤橘」、すなわち名家として繁栄した源氏、平氏、藤原氏、橘氏の姓を称しているが、大内氏は違うのだ。

14世紀後半、朝鮮半島との交易に熱心な大内義弘《よしひろ》は高麗王朝の要請で倭寇《わこう》討伐のため

兵を渡海させた。さらに１３９９年に朝鮮王朝に対して「百済の子孫」であるとして、土田（所領）を要求した。

この話は応永の乱で義弘が敗死して沙汰やみとなったが、大内氏はその後も朝鮮側に琳聖太子に関する史料を求めるなどしている。大内氏は朝鮮との交易を有利に運ぶため、祖先が同じであると主張して、特別な立場を得ようとしたのだ。

大内氏の画策は成功して、朝鮮は大内氏に使者が本物であると示す「通信符」を与えた。大内氏は朝鮮との交易で莫大《ばくだい》な利益を得ると同時に、日明貿易や琉球との交易にも乗り出していく。

後にイエズス会の宣教師フランシスコ・ザビエルが大内氏の本拠である山口で布教を開始するのは、東アジアでの大内氏の存在感があったからだろう。

しかし、大内氏は16世紀半ば、家臣の陶晴賢《すえはるかた》の下剋上《げこくじょう》によって滅んだ。陶晴賢を討ち、大内氏に代わって中国の覇者となるのが毛利氏だ。

戦国時代、毛利氏は中央に関心を示さず、貿易拠点の博多を手に入れるため、九州に手をのばす。

大内氏が抱いた海外進出の野望は毛利氏に引き継がれたのではないか。

だが、江戸時代、鎖国によって毛利氏の海外への関心は封じられた。それだけに幕末の海防意識の高まりの中で長州は一気に昂揚《こうよう》した。

明治になって早い時期に征韓論を主張したのは、長州出身の木戸孝允であり、初代韓国統監となったのが伊藤博文であることには、歴史的な理由があるのかもしれない。

*

長府から再び唐戸に戻り、赤間神宮を訪れた後、思い立って「われらのテナー」と呼ばれたオペラ歌手、藤原義江の記念館を訪れた。

日清戦争の講和会議が開かれた春帆楼《しゅんぱんろう》から、李鴻章道の細道を通り、丘を登った高台に記念館はある。

義江については古川薫さんの直木賞受賞作『漂泊者のアリア』に詳しい。スコットランド出身の父と日本人の母との間に生まれた義江は美《び》貌《ぼう》とベルベットのようにやわらかな声で一世を風《ふう》靡《び》した。

> いわば彗《すい》星《せい》のように、義江はロンドン、つまりは世界の楽壇に思いがけなく登場できたのである。（『漂泊者のアリア』より）

コンクリート造りのモダンな記念館からは海が望める。義江の歌う「荒城の月」（作詞・土井《どい》晩翠《ばんすい》、作曲・瀧廉太郎《たきれんたろう》）が海峡にまで届くかのようだ。

春高楼の花の宴
巡る盃《さかずき》影さして
千代の松が枝分け出でし
昔の光今いづこ

義江の美しい歌声を聞きつつ、海峡を越えた夢を思った。

【藤原義江（１８９８～１９７６）】

下関市出身の男性オペラ歌手。草創期の日本のオペラ界で指導的な役割を果たし、「われらのテナー」の愛称で親しまれた。
下関市で貿易商社代理店の支配人だったスコットランド出身のリードを父に、琵琶奏者キクを母に生まれる。浅草オペラで活躍した後、１９２０年にヨーロッパに渡る。イタリアで声楽を学び、イギリスやアメリカで歌った。23年に帰国後、国内各地でリサイタルを開き、「荒城の月」「出船の港」などを歌って人気を集めた。34年には「藤原歌劇団」を創設し、数多くのオペラを日本で上演した。
下関市阿弥陀寺町にある記念館はリンガーの旧邸で、国の登録有形文化財になっている。

琉球の声　本土へ届くか

高江と辺野古――沖縄

ノグチゲラを見た。

沖縄本島北部、やんばる地域にすむ絶滅危惧種のキツツキだ。羽は黒く、頭が赤みを帯びていたから、オスなのだろう。

沖縄県東村《ひがしそん》の高江《たかえ》周辺で２０１６年7月22日、ヘリパッド建設工事の再開に反対する市民による抗議行動が行われようとしていた。

現地に行こうとしたが、県警と本土からの機動隊によって県道が封鎖されており、近づけなかった。

付近の公園で様子をうかがったが、報道のヘリコプターが飛ぶ音が響くばかりで、何もわからない。なすこともなく待っていると乗ってきたタクシーの運転手が、茂みの陰にノグチゲラがいると教えてくれた。

周囲のただならなさを感じるのかノグチゲラも不安げにあたりを見まわしている。

その様子が私に似ていた。

戦後史を知るためには沖縄に行かなければならない。地方紙の記者をしていたころから、そんな思いがあった。機会がないままに過ぎていたが、ようやく念願がかなった。ヘリパッドの建設予定地も見ておこうと思ったのだが、道路が封鎖され、現地に近づけない。

困惑していた。

＊

沖縄には、その前日に訪れた。

地元紙の琉球新報前社長で、マスコミ九条の会の呼びかけ人の一人でもある高嶺朝一《たかみねともかず》さん（72）は私の母校、西南学院大学の７期先輩でもあり、沖縄について話を聞いた。

高嶺さんは、戦時下の１９４３年に生まれた。日米合わせて20万人が犠牲になり、沖縄県民の４人に１人が亡くなったと言われる沖縄戦の時は赤ん坊だった。「よく生き延びたものだと思います」と述懐する。

本土復帰前に福岡市で大学生活を送り、１９７０年に入社、新聞記者になった。新人記者としてコザ市（現在の沖縄市）に配属されたが、この年の12月に住民の米軍への不満が爆発して米軍車両などが焼き打ちされる、
――コザ暴動
が起きた。その後、72年の沖縄の本土復帰を取材するなど、沖縄の激動を記者として目の当たりにしてきた。今も現役のジャーナリストだ。時おり、名護市辺野古の米軍キャンプ・シュワブ前の座り込みにも参加するという。

高嶺さんは「沖縄の闘いには普遍性がある」と話す。新基地建設反対の闘いを通して沖縄が求めているのは、個人の尊厳や人権の尊重、自己決定権など普遍的な課題だからだ。アメリカの民主主義のもとになった独立宣言では生命や自由、幸福を追求する権利、政府を選ぶ権利は不可侵であるとうたっている。

「自分たちが求めているものと同じです。かつて新聞記者のころはウォーターゲート事件などでのアメリカのジャーナリズムに憧れました。だが、アメリカは変わってしまった」

高嶺さんは残念そうに言う。

ところで、沖縄タイムスと琉球新報という沖縄の新聞2紙は「偏向している」などと批判されることがある。しかし、私が読んだ限りでは偏向などしていない。沖縄の地元紙が沖縄のことを大きく取り上げるのは使命だ。そのことが理解されないのはなぜなのか。

現在の沖縄の苦しみは、戦後すぐの日本の苦しみだった。だが、戦後の経緯の中で本土は苦しみを忘れた。

だから沖縄をわかろうとはしない。

沖縄がわかれば苦しみが戻ってくるからだ。

＊

翌7月23日、再び高江を訪れた。ようやく封鎖が解除され、ヘリパッド建設工事現場に近づくことができた。住民の反対にもかかわらず、機材は運び込まれ、工事は再開された。フェンスで囲まれた工事現場の入り口付近で住民の抗議が行われ、機動隊との睨《にら》み合いが続いていた。

キャンプ・シュワブ前での座り込みのリーダーで、ヘリパッド建設反対に取り組む沖縄平和運動センター議長の山城博治《やましろひろじ》さんに話を聞いた。

「私たちは琉球の民なんです」

建設工事が再開されたことの悔しさを込めるようにして話した。

沖縄では、政府が県民の思いを無視して何事か強行するたびに、

――琉球処分

の記憶がよみがえる。明治12年（１８７９）、明治政府の処分官松田《まつだ》道之《みちゆき》が随員や警官、軍隊など合わせて６００人を従えて乗り込み、廃藩置県を行った。琉球王国は滅び、沖縄県となった。

「昔からいつも同じことが繰り返されているんです」

山城さんは憤る。

＊

高江から辺野古に向かった。辺野古の海は静かで心優しい。沖のサンゴ礁が消波能力を持つ「自然の防波堤」だからだ。サンゴ礁によって災害から守られてきたとも言える。住民たちは反対行動で、かつて歌手の加《か》藤《とう》登《と》紀《き》子《こ》が歌った「美しき五月のパリ」の替え歌を歌っている。

沖縄の未来《みち》は沖縄が開く
戦さ世を拒み　平和に生きるため
今こそ立ち上がろう
今こそ奮い立とう

原曲では最後に、

Ah! Le joli mois de mai à Paris.

（ああ、美しき5月のパリよ）

と繰り返す。１９６８年にフランスで学生たちの運動を中心に労働者のゼネストに発展した「5月革命」の際に歌われた。

青空の下、美しい海に囲まれた沖縄での歌声は本土にまで届いたか。

【辺野古と高江】

日米両政府は1996年、沖縄県宜野湾市の米軍普天間飛行場や沖縄本島北部に広がる米軍北部訓練場のほぼ半分などの返還で合意した。だが、普天間飛行場は名護市辺野古へ、北部訓練場は返還地区にある7カ所のヘリパッドを東村高江周辺の6カ所に移設する、という「県内移設」が条件だった。

日本政府は「沖縄の負担軽減策だ」と言う。だが、辺野古は軍港など新たな機能を追加。高江は、低周波も含む騒音のひどい輸送機オスプレイが使用することから、地元住民らは「基地の県内たらい回しにすぎない。機能はかえって強化される」と強く反発している。

明治政府の琉球処分、米軍統治下の土地収奪などから続く理不尽さへの怒りは強く、いまや辺野古と高江は沖縄の基地反対運動の象徴となった。

琉球の苦難
黒船から今も

琉球とアメリカ——沖縄

海は透き通るような青さに満ちている。

沖縄を取材に訪れ、去年（2016）から何度か訪れた辺野古にも足を延ばした。米軍普天間飛行場の移設計画で、海を埋め立てる護岸工事が始まりそうだ、と報道されていた。だが、訪れた日は静かで美しい海が広がるばかりだった（私が沖縄を訪れた数日後、着工した）。

＊

那覇市在住の作家、大城立裕《おおしろたつひろ》さんのご自宅をお訪ねした。91歳になられた大城さんだが、お元気だ（編集部注・2020年に逝去）。

辺野古の問題について、

――〈琉球処分〉の総仕上げです

と淡々と言われた。明治政府により、琉球王国を琉球藩、さらには沖縄県として国内体制に組み入れた〈琉球処分〉が現在の沖縄の問題の源なのだという。

沖縄で生きる人々は常に〈国家〉と向かい合わなければならなかった。

大城さんは1943年、上海の東亜同文書院大学に入学したが、敗戦により中退。帰国後、高校教師を経て琉球政府、沖縄県庁の職員となった。月刊「機」（藤原書店）2017年4月号に寄せたエッセーで、

私は一九四六年十一月に沖縄にひきあげてきたが、船のなかで考えたのは、これからは、おおっぴらに方言を喋《しゃべ》ることができる、ということであった。これまで国家意思とそれに迎合した県や教師の方針に強制的に合わせられたことからの解放感があった。

と沖縄人の心情を書いている。

1967年には小説『カクテル・パーティー』で芥川賞を受賞、沖縄初の芥川賞作家となった。

この作品の舞台は本土復帰前の沖縄だ。主人公の私は、米軍基地内のカクテル・パー

ティーに招かれる。内地人の新聞記者小川、中国人弁護士の孫、そして沖縄人の私は、パーティーの主催者であるアメリカ人のミラーと、沖縄文化論などを交わし、パーティーを楽しんでいた。しかし、その頃、主人公の娘が米兵に暴行される事件が起きていた。被害に遭った娘は米兵を崖下に突き落とし、大けがを負わせた。本来、暴行事件の被害者でありながら、娘は傷害の容疑で逮捕された。突然の事件で主人公はむき出しな沖縄の問題に遭遇する。

主人公は、たったひとりのアメリカ人の罪ではなく、欺《ぎ》瞞《まん》の親善を象徴するカクテル・パーティーそのものを告発したいと思う。

そして米軍基地内のクラブを出た時、横断幕を目にする。そこには、

Prosperity to Ryukyuans
and may Ryukyuans
and Americans always be friends.
琉球人に繁栄があり、
琉球人とアメリカ人とが
常に友人たらん事を祈る。

と書かれていた。パーティーがあった1週間ほど前に行われた、アメリカ海軍東インド艦隊司令長官ペリー提督の来航１１０年祭行事で作られたものだった。

那覇の泊《とまり》外人墓地の一角にはペリー上陸記念碑がある。文言は、この記念碑にも記されているものだ。横断幕の文字をたんねんに読んだ主人公は米兵を告発するため警察署に向かう。

＊

沖縄を訪れたのは、ペリーの足跡を訪ねてみようと思ったからだ。首里城を訪れ、古雅ともいえる城の佇《たたず》まいを堪能した。

わが国の明治維新にいたる近代史は嘉永6年6月3日（１８５３年7月8日）、アメリカのペリー率いる黒船の艦隊が浦賀沖に姿を見せたところから始まるとされる。しかし、そのひと月半ほど前、ペリー艦隊は、日本の属国と認識していた琉球王国に寄港した。

ペリーは２００人の兵を率いて首里城に押しかけ、強引に交渉を行った。さらに島内を奥地まで踏査し、産物や地形などを調べ上げた。

ペリーは、アメリカの東アジア進出にあたって琉球を戦略的な拠点と位置づけたのではないか。日本と和親条約を結んだ後、琉球とも修好条約を締結している。だからこそ明治政府は、琉球王国を解体し、国内に取り込む〈琉球処分〉を急いだのではないか。

＊

ところでペリーは日本と条約交渉をする間、琉球を5回訪れている。日本に赴いていた1854年6月、琉球に残っていた水夫が上陸して民家に押し入り、酒を飲んで酔ったあげくに女性を襲って乱暴した。これに怒った住民が追いかけて石を投げつけると、那覇港へ逃げた水夫は足を滑らせて海に落ち、溺死《できし》した。

事件を知ったペリーは激怒し、琉球側の「非は女性に乱暴した水夫にある」との主張を認めず、住民の処罰を求めた。琉球側はやむなくアメリカ側の立ち合いで裁判を開き、琉球人6人を島流しの処罰とした（実行されたかどうかはわからないと伝えられる）。

ペリーはこの事件について、

> **琉球人とアメリカ人との全交際中に生じたひどく不愉快な出来事の唯一の例であった。**
>
> （『ペルリ提督日本遠征記』より）

と述べた。しかし、

――不愉快な出来事は今も変わらずに続いている。すべてはペリーから始まったのかもしれない。

【マシュー・ペリー（１７９４〜１８５８）】
米国海軍軍人。「ペルリ」とも記される。日本との開国交渉のため、１８５２年に米国を出発。１８５３年５月26日、琉球に到着した。同年７月、浦賀（現在の神奈川県横須賀市）に来航。翌年再び訪れ、日米和親条約を締結し、帰途に琉米修好条約を結んだ。『ペルリ提督日本遠征記』の原書は１８５６年に米国で出版。本文中の引用は土屋喬雄・玉城肇訳（岩波文庫）によった。

時勢に流されず――高嶺朝一

松の古木のような人、これが葉室麟さんの初印象だった。なぜ、松だったのか、母校の西南学院大学のキャンパス、元寇防塁あたりの風景や彼の小説の主人公たちのイメージが重なっていたのかもしれない。

私が米軍統治下の沖縄からパスポートを持って訪れた最初の「日本」は福岡だった。初めて雪を見て感動した。石炭産業は斜陽になっていたが、北九州の工業地帯は鈍色の空に覆われ、高度成長を続ける日本の姿があった。私の意識の中では、山口・九州と沖縄は別の世界だったが、「曙光を旅する」を読んでつながった。

「東アジアの島国に誕生した日本という近代国家は内戦からわずかな歳月の間に対外戦争を行っていた」（「旅のはじめに」、本書12頁）と葉室さんは書いている。

近代日本の最初の対外出兵は「台湾出兵」である。大義名分となったのは琉球王国の住民が台湾に漂着、土地の住民に殺害された事件だった。その後、琉球王国は名実ともに消滅させられ、日本の版図に組み込まれた。日本は、幾多の対外戦争をへて太平洋戦争へ、そして沖縄戦、広島、長崎の悲劇を招いた。

葉室さんは、米国海兵隊のヘリパッドが建設され、反対行動が行われている東村《ひがしそん》高江《たかえ》や、サンゴの海を埋め立て米軍飛行場が建設されようとしている名護市辺野古にも足を運んだ。反対闘争の現場は那覇から遠く離れた場所にあり、座り込みの参加者は高齢者が多く、とても屈強な機動隊員に太刀打ちできない。日米両政府と内外の世論に非暴力で、個人の尊厳、基本的な人権、自己決定権など人間としての普遍的な権利を要求し、訴え続ける以外に手はない。沖縄の闘いは、両政府の圧倒的な力を前にして、展望が明るいわけではない。元自民党の政治家、翁長雄志《おながたけし》沖縄知事は、辺野古基地建設に反対して、安倍政権と真っ向からぶつかった（翁長知事は任期途中、膵臓《すいぞう》がんで亡くなった）。

これは、葉室さんの小説の主人公たちの生き方に通じるものがあるかもしれない、と私は勝手に思った。葉室さんと最後に会った晩、彼は泡盛《あわもり》に酔い、多弁だった。いまは廃刊になった地方紙の労働争議について話していた。仲間が去っていくなかで彼は新聞社の最期をみとった。意固地な生き方は、「曙光を旅する」の登場人物たちのそれと似ている。おそらく葉室さんの旅は、さらに南は台湾、東南アジア、西は朝鮮半島、中国へ向かったはずだ。どのような人物との出会いが待っていたか、いまとなっては想像するしかない。

第Ⅱ部

先人を訪ねて

記録文学作家・上野英信さんと筑豊文庫＝1981年ごろ

上野さんの絶筆

写真・上野英信さんご遺族提供

被爆の光景逃れ炭坑へ

筑豊（福岡県）

四角いテーブルだった。

縦横２００×１６２センチ。天板の厚さ5センチ。重量は１００キロ超。

「ちょうど１坪の大きさです」

福岡県鞍手町の上野《うえの》朱《あかし》さん（58）の自宅にあるテーブルだ。

朱さんは筑豊《ちくほう》の炭坑労働者を追い続けた記録文学作家、故上野英信《えいしん》さんの長男。

英信さんがかつて、建て替えられる前のこの自宅を「筑豊文庫」として開放していた時代、多くの学者、作家、活動家、ジャーナリスト、学生たちが訪れ、もとは炭坑の製図台だったというテーブルを囲んで議論し、酒を飲んだ。

私も学生のころ、一度だけこのテーブルにつき、緊張して英信さんの話を聞いた。

筑豊文庫を訪ねたひとには、晴子夫人の手料理と酒が出される。私には、「つくしの卵とじ」だった。「あなたが来るというので昼間、僕が近くの土手で取ってきたよ」。尊敬する英信さんに笑顔で言われて、若い私は胸がいっぱいになった。

40年ほども昔の話だ。

＊

この夏、朱さんをお訪ねした。戦後70年の今年（２０１５）、英信さんにとって戦争とは何だったのか。わが子に語り遺した言葉を聞きたかった。

英信さんの軍隊経験は旧陸軍の兵籍簿によると、

昭和十八年十一月建国大学休学（中略）十二月一日現役兵トシテ山砲兵第二十九聯隊《れんたい》第五中隊ニ入営

で始まる。関東軍に入隊し、翌年５月、熊本に転属、さらに陸軍船舶砲兵として広島に転属。昭和20年（１９４５）、米軍が広島に原子爆弾を投下した８月６日、被爆。

翌日の８月７日は22歳の誕生日だった。

「父は『戦後の自分は１９４５年８月６日から敗戦の８月15日までの間をゆきつもどり

つしてきた。この10日間から逃れられない』と話していました」
8月6日は、上野鋭之進《えいのしん》（英信さんの本名）が死に、記録文学作家上野英信が誕生した日ではないか、と朱さんは話す。

＊

戦後、復員して京都大学に編入学し、中国文学を専攻するが、まもなく中退し、筑豊の炭坑労働者になる。出奔《しゅっぽん》にも似た、突然の転身だった。なぜ筑豊に向かったのか、自分でもよくわからなかったという。

気の迷いとか、魔がさしたとか、と言うよりほかに説明のしようがないわけである。（中略）ましてもとより、炭鉱で文学にとり組もうなどとは、まったく思ったこともない。私はただやみくもに、私の心からヒロシマを消したかっただけである。あの、人間が見てはならない凄絶《せいぜつ》な生地獄の光景を消さなければ、到底、生きて行かれなかったのである。（『話の坑口』上野英信集〈1〉）

産業国家としての発展は国際的な市場や資源の獲得競争につながり、戦争と地続きである。だから戦争の奥底を見極めようと筑豊の炭坑を目指したのだと見立てることはできる。しかし、おそらくそれだけではない。

英信さんは木が好きだった。

筑豊文庫のまわりに杉、松、椿《つばき》、金木犀《きんもくせい》、楓《かえで》などを植えて大きくなるのを楽しんだ。

だが、近くに街路樹として夾竹桃《きょうちくとう》が植えられると目をそむけた。

「原爆が投下された広島に夾竹桃の赤い花だけが咲いていたそうです。父が唯一、見たくなかった花です」と朱さん。

小さな花が、胸に突き刺さる棘《とげ》となる。その感性を守ろうとすれば、地の底深くの闇の世界を目指すしかなかったのではないか。

＊

朱さんに話をうかがいながら、額縁に入ったメモ用紙を見せていただいた。

筑豊よ
日本を根底から
変革するエネルギーの

ルツボであれ
大床であれ

英信さんの絶筆であることは知っていた。だが、原稿用紙に力強く書かれたのではないかと思っていた。間近に見るメモ用紙には小さな文字が記されていた。それでいて、ひとが目を閉じ、耳をふさぐことを許さない雄勁《ゆうけい》な言葉だ。

最後の力を振り絞って遺《のこ》した5行の文字はあたかも祈りを思わせる。

書かれたのは1987年の9月11日。

2カ月後の11月21日、英信さんは鞍手町の病院で息を引き取った。

命の際まで壮心は已《や》むことがなかった。享年64。

いまの私と同年である。

【上野英信（1923〜1987）】
1923年に現在の山口市阿知須で生まれ、北九州市・黒崎で育った。旧満州（中国東北部）の建国大学在学中に召集され、広島で被爆した。敗戦後に京都大学に編入学したが、中退。筑豊や長崎の炭鉱で働いた後、記録文学作家になる。
筑豊移住後の58年から、詩人の谷川雁《がん》、詩人で作家の森崎和江らと共に会員誌「サークル村」を発行。炭坑絵師の山本作兵衛とも交友があった。64年、鞍手町の炭鉱住宅だった建物を改築して移住。「筑豊文庫」を開いた。

主な著作に、『追われゆく坑夫たち』『地の底の笑い話』『天皇陛下萬歳』『出ニッポン記』など。

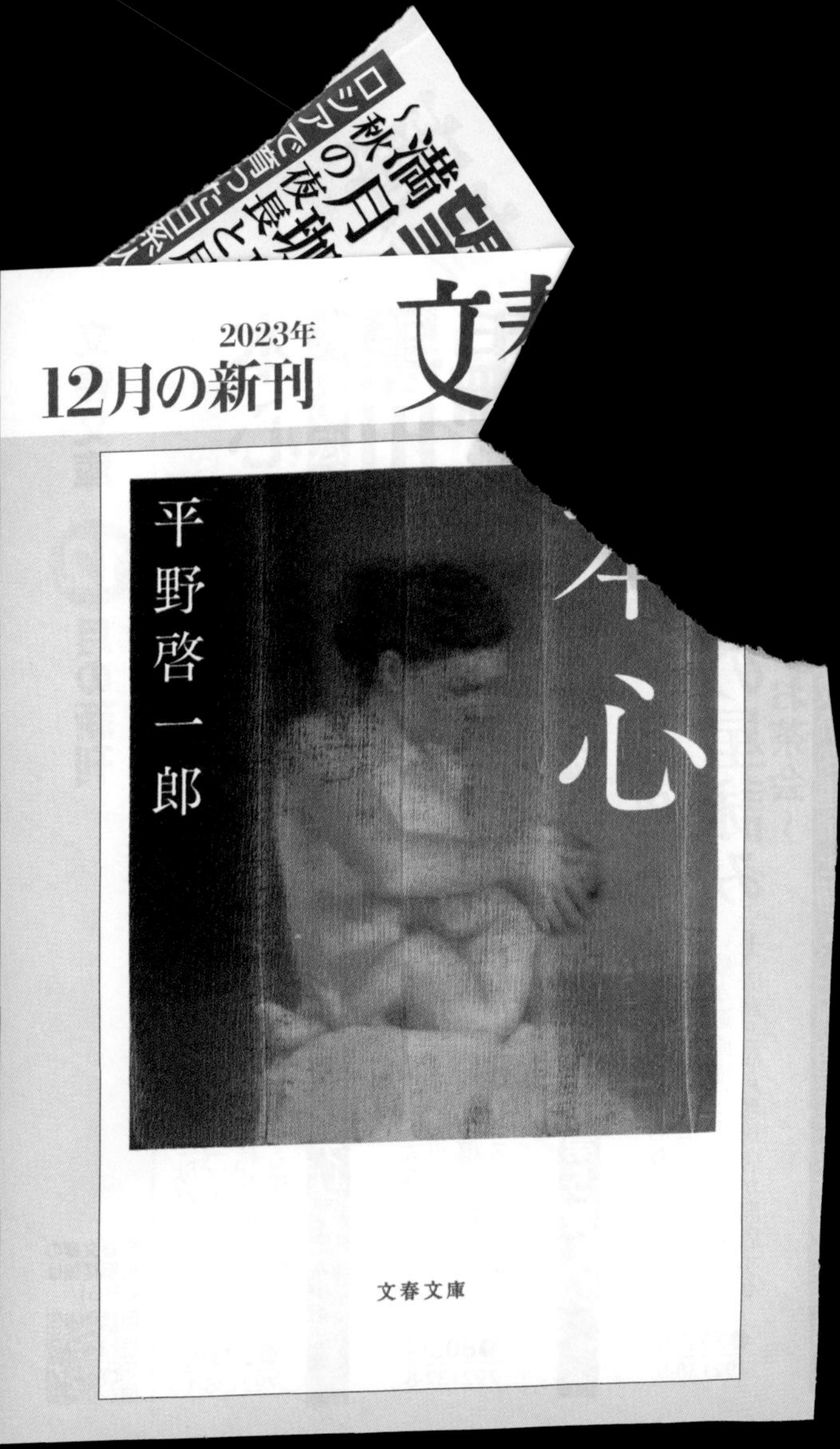
〜秋の夜長と
満月
2023年
12月の新刊
文
平野啓一郎
心
文春文庫

文春文庫 12月の新刊

野啓一郎

心

「自由死」を望んだ母が生涯隠し続けた事実とは。『マチネの終わりに』『ある男』に続く、愛と幸福の真実を問いかける傑作長篇

●979円
792136-1

川博行

尽きることない欲望をあぶりだす美術ミステリ!

大物彫刻家が遺した縮小模型、素人の蔵に眠っていた重文級の絵や裂……古美術業界の儲け話にたかる人々を描く、傑作ミステリ連作集

●803円
792137-8

の星詠み
～お茶会～

画・桜田千尋

し「満月珈琲店の星詠み」シリーズ第5弾!

母を看取り一人ぼっちになった秋の夜更け、百花が散歩していると飼い猫が遊園地に……。淡路島、岩手、広島と満月珈琲店が開店する

●770円
792138-5

文春文庫の最新情報はこちら!

土筆摘む背中 追いかけて

直木賞に選んでいただいた『蜩《ひぐらし》ノ記』は「土筆《つくし》の物語」でもある、と言ったら変に聞こえるだろうか。

若い武士の檀野庄三郎《だんのしょうざぶろう》が、山村に幽閉され、家譜編纂《へんさん》を続けている戸田《とだ》秋谷《しゅうこく》を訪ねていくところから物語は始まる。

この場面は、学生時代に上野英信さんをお訪ねした時のイメージを描いていると気づいたのは本になってからのことだ。

25年前に亡くなられた上野さんは、福岡県の筑豊にあった炭鉱で自ら労働者となり、エネルギー革命が進む中で追い詰められていく炭鉱労働者たちを追いかけ、『追われゆく坑夫たち』『地の底の笑い話』などの作品を書き続けた。いまで言えばノンフィクション作家だが、記録文学作家という方がふさわしいように思う。

できあがったばかりの『蜩ノ記』を読んでいた際、ふと、自分の人生でも尊敬するひとを訪ねた経験があると思い当たり、もつれあっていた糸がほぐれるようにさまざまな記憶がよみがえってきた。書いている時になぜ気づかなかったのだろう、と不思議だった。

上野さんの仕事に敬意を抱いていたわたしは、緊張の余りがちがちになって、筑豊文庫という名で知られるお宅を訪ねた。上野さんはやさしく迎えてくださり、焼酎と奥様の晴子さんの手料理で土筆の卵とじのもてなしを受けた。

卵の黄身に土筆の緑が鮮やかで、「土筆ですね」と言うと、上野さんは「きょう、あなたが来られるというので、近くの土手で摘んできたんだよ」と応じられた。その言葉を聞いて、涙が出そうになった。

若いだけで、いまだ何者でもないわたしをもてなすために土筆を摘んでくださる姿が脳裏《のうり》に浮かんだ。その時、古めかしくて大仰な言い方だが、「かくありたい」と心の底から思った。土筆はわたしの生きていく指針になった。

わたしの胸の内では、秋谷が幽閉されている村を囲む山は筑豊のボタ山であり、武士に抗して不穏な相談をする農民たちは、炭鉱争議の最中にいる労働者たちのイメージがあったように思う。農民の子源吉は親を助けて懸命に働く炭鉱労働者の子だ。そして何より、山村で藩の歴史を書いている秋谷は上野さんそのものだ。

危険が待つかもしれない場所に秋谷が出向くとき、庄三郎は同行を申し出る。なぜ危ない真似《まね》をするのだ、と訊く秋谷に、庄三郎は、なぜだかわからないがそうしたいのだ、と答える。

書いていた時には秋谷のそばにいるだけで庄三郎はどうしてこれほど浮き立つような思いを抱けるのかよくわからなかった。しかし、いまになってみればわかる。

わたしがそうしたかったのだ。

上野さんの背を追って生きたかった。だから「土筆の物語」を書いたのだと思う。

蜩と沈黙の壺——上野朱

のちに直木賞作家として知られるようになる大学生が「筑豊文庫」を訪ねてこられたのは、１９７０年代、中小や零細炭鉱は軒並み閉山、わずかに残る大手の炭鉱も間もなくその命が尽きようとしていた頃のことだ。

筑豊文庫とは記録作家・上野英信が福岡県鞍手町の廃鉱集落に開いた私設の炭鉱資料館兼集会所兼自宅で、空き家になり崩れかけた坑夫長屋を改築したものだった。将校として配属されていた広島で原爆に遭い、敗戦後に復学した大学を中退して炭鉱に入った英信は、仲間と共に文学運動を組織し、60年には『追われゆく坑夫たち』も出版していた。しかし単なる取材者や外部からの支援者として筑豊と接することをよしとせず、自らその差別と貧困と矛盾のルツボに身を投じ、閉山地帯の人々と共に泣き笑いを重ねる中で、通り過ぎるだけでは聞こえない声を聞き、見えないものを見ようとしたのであろう。足尾鉱毒事件において、まず政治家として、次に指導者として関わろうと苦闘し、最後に「谷《や》中《なか》の人民に学ぶ」という地点にたどりついた田中正造翁の姿を、遠く仰ぎ見ていたのかもしれない。

炭鉱の記録者としてその意気やよし。しかし当時「暗い谷間」と呼ばれていた閉山地帯にわざわざ移り住むなんて、女房やまだ小さい息子が可哀想ではないかという友人たちの忠告に「この地で暮らすなら、この国の行く末に幻想だけは持たない人間に育つであろう」と筑豊移住を強行し、「自分こそ日本一の教育パパだ」と大見得を切ってはいたが、傍目《はため》には妻子を道連れの無理心中のようにも映っていたかと思う。

傾いた柱と傷んだ瓦の屋根だけになっていた廃屋に人が住めるようにする作業は、一度崩して建て直したほうが早く、且つ安価であったかもしれない。しかし英信は炭鉱住宅の骨組みをそのまま使うことにこだわった。いずれは取り壊され消えてゆく安普請の炭住だが、その一棟だけでもたたずまいを残しておきたいということもあっただろう。しかしさらに大きな理由は、近隣の人たちより立派な家に住んではならぬ、そんな暮らし方をして誰が信用してくれるものか、という信念ではなかっただろうか。「あんた方もよう雨が漏るねえ」といった言葉を嬉しがり、なによりの賛辞としていたくらいだから。

日本初のオリンピックを控え、成長と発展という言葉に国中が踊らされていた64年夏から秋の半年にわたって、大工さんや手伝いの人と共に汗を流す日々。それは「おれ達はまだまだ死んではおらん。力を合わせさえすれば新しいものを創ることができるのだ」と自他に言い聞かせると同時に、みんなの手で建てた集会所として遠慮なく使ってもらいたいという願いを体現したものであった。

　こうして発足した筑豊文庫は、子どもたちのための図書室や剣道場、各地から寄せられる救援物資の配布場所、隣組の集会所として活動を始めたが、最も繁盛したのは、廃鉱集落の住人の嘆きや悩みや不満を吐き出す場としての役割だった。夜も更けた頃に足元をふらつかせながら「シェンシェイ、おるな？」と玄関を叩き、どこにも持って行きようのない怒りをぶちまけてゆく男や女。女房子どもの愁訴は「情けない！」のひとことで切って捨てる英信だったが、そういった人々の話だけは安焼酎を酌みかわしながら実に辛抱強く聞いていたし、ある夜中にはそんな訪問者と一緒に、声をかみ殺しながら泣いていたことさえあった。

　公安や高利貸、生活保護受給者を見張る福祉事務所の手先ではと疑われることもあったが、なんとか地域に受け容れてもらえたのは、こうして聞いた苦しみや恨みを一切ほかに漏らさなかったからだろう。誰にも言えない心の内を晒しても心配のない沈黙の壺に徹することで、初めて得ることのできた信頼だった。

　生活者の信頼は「なにか手伝うことはなかろうか？」という労働力の提供や、「これ食べておくれ！」といった食糧の持ち込みという具体的な形で還ってくる。ボタ土の上で飼っているニワトリの卵、わずかな空き地に植えた野菜、日雇い仕事持ち込まれた。気楽な野遊びとしての山菜摘みではなく、日々の貴重な食糧であるそれらを惜しげもなく分け与えてくれる隣人たちによって、私たち一家3人の命と英信のペンは支えられ、同時に、多くの人が訪れて飲み食いしながら語り合う筑豊文庫の原動力となっていたのだった。

「筑豊よ　日本を根底から　変革するエネルギーの　ルツボであれ　火床であれ」という英信の絶筆をかつての大学生・葉室麟さんに見せることができたのは、文庫開設から50年を経た夏の日だった。その筆跡に見入り、唇を引き締めて動かない葉室さんの横顔が急に歪み、息遣いが荒くなったのが聞こえたが、気付かないふりをして私は目を逸らした。

暗闇の思想
新たな輝き

中津（大分県）

大分県中津市の中津川のほとりを歩いた。晴れた空に薄雲が棚引いていた。

穏やかな豊前《ぶぜん》海にそそぐ山国《やまくに》川は、河口付近で中州の小祝《こいわい》島をはさんで中津川へと分かれる。

作家松下竜一《まつしたりゅういち》さんの『豆腐屋の四季』の読者なら、高校卒業後、進学を断念し、豆腐屋として働くことになった青年が、青春の屈折した思いを抱いて小祝島の得意先に自転車で豆腐を配達する切ない光景はよく知るところだろう。中津市内の松下さんの自宅から歩いて10分ほどの中津川沿いの道は長年、妻の洋子さんとの散歩道だった。

*

朝日歌壇に短歌を投稿した松下さんが初入選を果たした作品、

泥のごとできそこないし豆腐投げ怒れる夜のまだ明けざらん

には、都会に出ることなく地方に居残った若者が抱く哀《かな》しみと怒りがこもる。

一方で、松下さんは執筆活動のかたわら、故郷の海を埋め立てて建設されようとしていた豊前火力発電所建設反対の住民運動のただ中に飛び込んだ。建設差し止め訴訟を起こし、発言を続けた。

「故郷の海を守りたい」という思いが、清貧の中で歌作を続ける模範青年を闘う作家に変えていた。

昔、松下さんにお会いしたことがある。『ルイズ―父に貰いし名は』の取材にかかろうとされていたころだ。

当時、地方紙の記者をしていた私は、ある集会でのパネリストをお願いした。その打ち合わせのため中津市のご自宅をお訪ねしたのだ。

集会の趣旨を聞かれた松下さんは「他の人にも聞かせたいから」と、近くで開かれていた住民運動の仲間たちの勉強会に私を連れていった。松下さんを支え続けた友、梶原《かじわら》得三郎《とくさぶろう》さんのお宅ではなかったか。

松下竜一さん

中津市を訪れたのは夕方だった。勉強会に案内されるころには日が落ちていた。

夜道を案内してくれる松下さんは下駄《げた》履きで、カラ、カラと下駄の音が響いた。その飄々《ひょうひょう》と軽みを帯びた音がいまも耳の奥に残っている。

＊

三十数年ぶりに中津を訪れ、松下さんの散歩道を梶原さんと、やはり松下さんを手助けした新木安利《あらきやすとし》さんとともに歩いた。

日差しに照らされる川の土手に立つと景色はことのほか美しく感じられた。早朝に豆腐を配達して、

　瀬に降りん白鷺《しらさぎ》の群舞いており豆腐配りて帰る夜明けを

と詠《うた》った風景だ。

松下さんの自宅の裏は福沢諭吉《ふくざわゆきち》（1835～1901）の旧居である。著書『文明論

之概略』（１８７５）で、西洋文明を学ぶのは国家の独立を果たすためであると主張し、わが国が近代化に驀進《ばくしん》する道筋を開いたのが福沢諭吉であるとするならば、住民運動で「環境権」を主張し、近代国家に大きな異議を唱えたのが松下さんだ。

福沢は中津を出て大きく飛翔《ひしょう》する。一方、松下さんは生涯、故郷を離れなかった。

松下さんの著書『暗闇の思想を』には、豊前火力発電所建設に反対することへの嫌がらせが相次ぎ、ふと思いついて真冬の一夜、家中の電気を止めた経験が書かれている。その時の幼子との会話は次のようだった。

「なあ、とうちゃんちゃ。なし、でんきつけんのん？」
「うん。窓から、よう星の見えるごとおもうてなあ」
「そうかあ。ほしみるき、くろおうしちょるんかあ」

寒さをこらえて開けた窓から星が見えた。現代社会に電力は欠かせないが、一方で暗闇の中にもひとの幸せはある。

国民すべての文化生活を支える電力需要であるから、一部地域住民の多少の被害は忍んでもらわねばならぬという恐るべき論理が出てくる。本当はこういわねばならぬのに

──誰かの健康を害してしか成り立たぬような文化生活であるのならば、その文化生活をこそ問い直さねばならぬと。

東日本大震災により福島原発の大事故が引き起こされたいま、「暗闇の思想」は古びることなく、新たな輝きを持つ。

*

川を眺めて歩くうちに、梶原さんが身をかがめて土手の野草を手にした。

「風草《かぜくさ》です」

風草はイネ科の多年草で小さな穂をつける。見れば土手の風草の群れが風に揺れている。

松下さんは河口で、パンの耳をちぎってカモメに与え、季節の草花などを眺めるのが好きだったという。

11年前、２００４年6月17日に松下さんは、亡くなった。だが、魂から発せられた思いは、今もひとを揺り動かし続ける。

青空の下、静かにそよぐ風草のように。

【松下竜一（１９３７〜２００４）】

高校卒業後、母の死で大学進学をあきらめ、19歳で家業の豆腐屋を継ぐ。仕事の厳しさや暮らしの貧しさを短歌とともにつづり、１９６８年に自費出版した『豆腐屋の四季』は翌69年に出版社から刊行されてベストセラーとなり、緒形拳主演でテレビドラマ化され、脚光を浴びた。70年から作家に専念する一方、73年に九州電力豊前火力発電所（福岡県豊前市）の建設差し止めを求め、梶原得三郎さんら仲間と7人で、弁護士なしの本人訴訟として提訴。「環境権」を掲げて闘い、85年に最高裁で敗訴が確定したが、運動の機関誌「草の根通信」は反戦平和や反核、人権へとテーマを広げ、２００４年7月まで続いた。『ルイズ―父に貰いし名は』で82年に講談社ノンフィクション賞受賞。他の著作に、『砦に拠る』『底ぬけビンボー暮らし』など。

ところで、葉室さんは本文中で「昔、松下さんにお会いしたことがある」「ある集会でのパネリストをお願いした」と書いているが、葉室さんによると、その集会に関連して松下さんのエッセーにもチラリと登場したという。松下さんの『いのちきしてます』（81年）に収められた一編に登場する「福岡市のシンポジウム主催者」が、若き日の葉室さんとのことだ。

天宿す母胎
近代の爪痕

水俣（熊本県）

水俣を訪れた日は雨だった。

鉛色の雲に覆われた空から間断なく降る雨が、町の風景に翳《かげ》りを与えていた。水俣病資料館に足を運び、胎児性水俣病患者の語り部の体験をうかがった。

１９５０年代から60年代を九州で過ごした者にとって、「ミナマタ」は強い印象を与える地名だ。そのことをどう考えたらいいのか。

今年（２０１６）は水俣病が公式確認されてから60年だという。患者の救済を求める声が上がり、長く辛《つら》い交渉や裁判を経て、やっと国も「解決策」を打ち出したが、納得にはほど遠いとして、また声が上がるという繰り返しだった。その根底にあるのは、被害が直視されず、患者かどうかを決める認定基準が狭められてきたことへの憤りだろう。

不知火《しらぬい》の海は美しく豊饒《ほうじょう》で、つつましく穏やかな人々の日々の暮らしを育んできたことは間違いない。それでいて、水俣病という近代の矛盾が凝縮したような公害が発生した。水俣の地に足を踏み入れてみれば、その過酷さが改めて思い返される。

水俣病について伝えてきたのが、石牟礼《いしむれ》道子《みちこ》さんの『苦海浄土《くがいじょうど》　わが水俣病』だ。

この作品を読んだのは、学生の時だった。衝撃的で身の内が震えた。だが、これほどの悲劇を間近にしながら、なおも私は傍観者であった。なぜ、傍観者であり続けることができたのか。その答えは今も持たない。

＊

翌朝、厚い雲の間から青空がのぞき始めていた。

水俣を発ち、今は熊本市に住む石牟礼さんをお訪ねした。

私が「不知火の海を見て、周りを島で囲まれている海だからこそ、豊かで美しく、まるで女性の胎内のような海だと思いました」と話すと、「私もそう思います。母胎だと。天を宿している母胎だと」。

石牟礼さんは天井を見上げて大きく手を広げた。石牟礼さんが見上げれば、なぜなのか天から光が降り注ぐように感じてしまう。

「ところが天が病んでいるのです」

石牟礼さんの俳句に、

祈るべき天と思えど天の病む

とあるのを思い出した。

＊

私はさらに話した。「不知火の海を見ていると、豊かで少し盛り上がっている気がします」。石牟礼さんは即座に言われた。

「もう亡くなりましたけど、志賀狂太という歌人がおりまして、『逢はむというそのひとことに満ちながら来たれば海の円《まろ》き静まり』という短歌を残しておられます」

――海の円き静まり

石牟礼さんが口にした短歌が耳に残った。

「水平線は円い」と、石牟礼さんは言う。かつて水俣はひたひたと潮が満ちるような円く、穏やかで光にあふれた世界だった。

だが、近代化の中で静謐《せいひつ》な海は水銀によって侵された。

「日本の近代というのは何だったのでしょうか」。石牟礼さんは、わずかにかすれた声で言った。

しばらくして石牟礼さんはお茶を淹《い》れてくださった。同行した記者やカメラマンの分も含めて4杯。88歳の石牟礼さんは現在、パーキンソン病の療養中である。丁寧にお茶を淹れてくださる様子を見て胸が詰まった。

*

近代とは何だったのか、という石牟礼さんの問いは、自然とともに生きる者たちの暮らしやいのちが破壊されたところから発せられている。

『苦海浄土　わが水俣病』の冒頭、かつて地元の人々が洗い場として使っていた井戸の上に椿の古樹が覆うように張りだしている、

――椿の井戸

の描写がある。水俣で私は、その井戸を見に行ったが、現在はまわりを覆われて、隙間からわずかに井戸が見えるだけだった。それでも上を見上げれば、やはり椿があった。

石牟礼さんは幼いころのことを話してくれた。

「水俣には椿が多かったですね。私が母におんぶされて、海岸のこっちの岩とあっちの

岩を渡りましたが、その時に椿が一輪、波の中に落ちたんです。私の身代わりに、花が落ちたなと……」

波間に落ちた赤い椿の花弁は今も不知火の海を漂っているに違いない。

石牟礼さんが東日本大震災と福島原発事故の後に書いた「花を奉る」という詩は、次のように結ばれる。

現世はいよいよ地獄とやいわん
虚無とやいわん
ただ滅亡の世せまるを待つのみか
ここにおいて
われらなお
地上にひらく
一輪の花の力を念じて合掌す

石牟礼さんをお訪ねした後、かつて石牟礼さんたちが集い、今も水俣を取材する記者たちが集まる喫茶店兼酒場を訪ねた。記者たちと話すうちに夜がふけた。

花の力を信じたい。祈るように思うばかりだった。

【石牟礼道子（１９２７〜２０１８）】

熊本県天草で生まれ、水俣で育つ。代用教員の後、主婦をしながら本格的な創作活動に入る。１９５８年、文化運動「サークル村」に参加する。68年に水俣病患者を支援する「水俣病対策市民会議」を結成し、補償交渉にも参加するなど、一貫して患者と行動を共にしてきた。一連の水俣病関連の著作で73年に「アジアのノーベル賞」といわれるマグサイサイ賞を受賞した。代表作『苦海浄土　わが水俣病』は69年に刊行され、２００４年に３部作が完結した。

時代に抗し光放つ文学

熊本

「曙光」の旅はなぜか晴天に恵まれる。

熊本市在住の思想史家・評論家、渡辺京二さん（85）をお訪ねした日も、よく晴れていた。

渡辺さんは、近代化の中で失われた日本という国を描いた『逝きし世の面影』の著者である。わが国の近代化の光と影の部分について聞きたかった。

健軍《けんぐん》神社からさほど遠くない渡辺さんのご自宅でお話をうかがった。健軍神社は「阿蘇四社」の一つで、熊本市でも最も古い神社だ。昔は「たけみや」と呼ばれていたらしい。

西南戦争のおり、薩摩軍に呼応して池辺吉十郎を隊長に結成された熊本隊１４００人は、この神社で挙兵した。

電車通りからの長い参道は「八丁馬場」と呼ばれ、加藤清正のころ植えられたという杉並木の一部が残っている。このあたりを渡辺さんが散歩する日もあるのだろう。

*

ご自宅の本棚の前で、穏やかながらも、深みのある目をした渡辺さんは、『逝きし世の面影』について、

「今の世の中から江戸時代を見たのではないのです。江戸時代から今を見たら、どう見えるんだと考え、現代を相対化する一つの材料として書いたつもりなんですよ」

と話された。

渡辺さんと言えば、水俣病を告発する市民運動や文学の道を、『苦海浄土　わが水俣病』の著者石牟礼道子さんとともに歩き、いまでも「老々介護です」と笑いながら支え続けている。石牟礼さんの描き出す世界についても、こう語ってくれた。

「石牟礼さんの文学の根本のモチーフは『人間が自然との共感を失ってしまった。村共同体の中にあったような心のつながりも失ってしまった。それをもう一度取り戻さなきゃ』というもの」

「近代文学の中では、村共同体は暗愚なものとしてとらえられてきた。農漁村や江戸の

町民を、これまではインテリの目でしか見ていなかった。石牟礼さんは、百姓や漁民たちが自然の美しさ豊かさをどんな風に感じ取ってきたかということを初めて書いた」

渡辺さんの話の底には、近代の「目」とは違う視線を持つ石牟礼文学があるのだ。

＊

ところで、渡辺さんにもうひとつお聞きしたいことがあった。

鹿児島県の奄美地方では、集落から遠く離れた鍾乳洞内の地下水を、

——暗河《くらごう》

と呼ぶ。このことを、評論家橋川文三《はしかわぶんぞう》（1922～1983）が著作『西郷隆盛紀行』の中で書いていた。

橋川は、西郷が空と海に囲まれた沖永良部《おきのえらぶ》島に流されたことで世界の大きさに気づいたとして語る。

沖永良部には暗河と呼ぶ、地下を流れる川があります。どこから流れてきて、どこへ流れてゆくのか、わからない地下の川なんです。この暗河もまた、別の意味で、世界全体の広さ、あるいは深さというものを、暗示しているようでもあります。

しかし、不思議な気がした。43年前の１９７３年に熊本で「暗河」という雑誌が発刊され、私はむさぼるように読んだ記憶があったからだ。

同誌の責任編集者は、石牟礼さんや渡辺さんだった。社会問題になっていた水俣病を告発する市民運動に携わる人たちが自らの考えを表現する雑誌だった。

それぞれの思いを、熊本地方に伝わる詩的なイメージのある言葉に託して雑誌のタイトルを付けたのだろう、と思っていた。

では、「暗河」とは水俣と奄美で伝わる言葉だったのか。

渡辺さんに訊くと、「あれは奄美の言葉です」と、あっさり疑問が氷解した。

発刊に携わった鹿児島出身の若い仲間が提案したのだという。

なるほどと思いながら、近頃、渡辺さんの「熊本から雑誌を出そう」という一言から「アルテリ」という文芸誌がスタートしたことを思い出した。

同誌には石牟礼さんはじめ、伊藤比呂美《いとうひろみ》さんや坂口恭平《さかぐちきょうへい》さんら熊本ゆかりの書き手が小説や詩、エッセー、翻訳を寄せている。

発刊にあたって渡辺さんは思いを込めた文章を書いた。

現代はとっくに文学の世紀ではない。文学は冗談とお噺《はなし》のマイナーな世界に閉じこもってしまった。滅びゆく森のどこに隠れた小径《こみち》を見つけられよう。それでも言葉によって生きたい。それによってしか真に生きられないという人びとが存在する以上、森の深みに通じる小径はおのずと光を放たずにはおかぬだろう。

「アルテリ」とはロシア語で「職人の自主的な共同組織」のことだ。

文学が無力になってきている現代において、文学の責任を果たし、ささやかな抵抗を試みるのだという。

＊

渡辺さんとは、ご自宅から「アルテリ」を発行する拠点となっている本屋さん兼カフェ「オレンジ」に移って、数時間にわたって話した。

その後、渡辺さんと別れ、かつて水俣病闘争に関わった人たちの拠点となった店「カリガリ」（以前の店はいったん閉店し、2015年、再オープンした）で夜半まで過ごしながら、「アルテリ」に書かれた渡辺さんの文章について考えた。

森の奥の深みに通じる小径が放つ光とは、地下深く流れる水が闇の中で自ら発する輝きに似ているような気がしたからだ。

【渡辺京二（1930〜2022）】

京都生まれ。幼少期を熊本で過ごした後、父の仕事のため北京や大連で旧制中学4年まで暮らし、戦後、熊本に引き揚げる。主な著作に、『北一輝』（毎日出版文化賞）、『逝きし世の面影』（和辻哲郎文化賞）、『黒船前夜』（大佛次郎賞）など。

また、本文で取り上げた「暗河」「アルテリ」をはじめ、数々の雑誌の編集に携わる。雑誌「熊本風土記」では石牟礼道子さんの「海と空のあいだに」（後の『苦海浄土　わが水俣病』）を連載した。

鉱害の山あい
共に歩む

土呂久（宮崎県）

土呂久《とろく》に来た。

天孫降臨の地として知られる宮崎県高千穂町。天岩戸《あまのいわと》伝説でも有名な天岩戸神社から６キロほど川沿いの山道を遡《さかのぼ》ったところだ。

標高１６３３メートルの古祖母《ふるそぼ》山の懐に抱かれ、谷に寄り添う形で土呂久の集落はある。

土呂久の地名の由来は「遠奥《とほく》」であるとされる。古来、僻遠《へきえん》の地だったことを表す地名なのだが、

「土呂久は、ヨセフ・トロフというポルトガル人の名前だったかもしれませんよ」

と教えられた。

そんなことがあるのだろうか。

眉が太く日焼けした精悍《せいかん》な顔でそう話してくれたのは記録作家の川原一之《かわはらかずゆき》さん（68）だ。目が笑っていたから、あるいは冗談だったのかもしれない。

*

よく晴れた日だった。抜けるような青空の下、土呂久の山道を歩きながら、川原さんから話を聞いた。

「夢買い長者」という民話が伝えられている。府内（現在の大分市）の行商人、山弥《さんや》が豊後《ぶんご》と日向《ひゅうが》の国境の峠で昼寝した際、相棒が銀山のある場所を蜂に教えられる夢を見た。山弥はその夢を買い、土呂久銀山を発見して西国一の長者になった。

伝承はともかく、土呂久銀山が開発されたのは１５００年代のことで、この時、ポルトガル人技師のヨセフ・トロフが雇われて活躍した。だから、その名がついたというのだ。

戦国時代、隣国の豊後にはキリシタン大名として名高い大友宗麟がいた。宗麟のもとにイエズス会の宣教師たちが訪れていたから、あるいはその中にトロフというポルトガル人の鉱山技師がいて、宮崎の山奥にまで足を運んだのかもしれない。

ところで、山弥にはモデルがいる。井原西鶴の『日本永代蔵《にっぽんえいたいぐら》』に登場する富商、守田《もりた》山弥《さんや》之助《のすけ》だ。山弥之助は豪奢《ごうしゃ》な暮らしをしたため、藩主の咎《とが》めを受けて正保4年（1647）に処刑された。

「夢買い」というロマンあふれる話が現実には悲惨な結末を迎えるのだが、そのことは土呂久のその後を暗示したかのようでもある。

*

1920年、土呂久では硫砒《りゅうひ》鉄鉱を焼いて亜砒酸《あひさん》の生産が始まった。農薬、防虫剤などの原料となる亜砒酸は第1次大戦でドイツ軍が使用した毒ガスの原料となった猛毒だった。かつて亜砒酸は、

——砒霜《ひそう》

と呼ばれた。硫砒鉄鉱を焼いた煙が流れた跡に霜のように白い粉が降ったからだ。

山間の土呂久川が流れる谷間の山村の真ん中で亜砒焼きが行われた。窯から流れ出た煙は谷間に漂い、硫砒鉄鉱の焼き殻は川に捨てられ、飲料水や農業用水に鉱毒がまじった。

このため、鉱山周辺には草木が生えず、牛馬はのどが腫れつまって死に、住民は砒素《ひそ》中毒を示す斑点が肌に現れ、呼吸器や泌尿器へのがんの発生などの疾患に苦しみ、30〜

40代での死が相次いだ。

水俣病やイタイイタイ病、四日市公害などの公害が明らかになった後、71年、土呂久鉱山周辺の慢性砒素中毒症も世間に知られた。社会問題になったころ、川原さんは朝日新聞の記者だった。初任地の宮崎支局3年目で、土呂久に足を踏み入れた。

その後、北九州市へ転勤したが、土呂久を忘れることはできなかった。鉱毒の記録を書こうという志を抱いて、6年と数カ月の記者生活に別れを告げて宮崎に戻ったのは、75年9月のことだ。患者さんたちの裁判を支援するとともに土呂久の記録を丹念に掘り起こした。

90年に最高裁で和解が成立した後、94年からは「アジア砒素ネットワーク」を設立、バングラデシュを拠点にインド、タイ、フィリピン、台湾、中国などの砒素汚染地域を結ぶ活動を続けてきた。

＊

土呂久で起きた公害を取材していた新聞記者が会社を辞め、鉱毒問題に取り組んでいるという話は、私を含めて当時、新聞に携わっていた人間に大きな問いを突きつけた。新聞記者は、通り一遍の取材だけで問題から立ち去っていいのか。いいはずがない、と考えつつも、生活をなげうつことなど自分にはできない、というのが正直な思いだった。

土呂久を訪れた夜、公害被害者の遺族で訴訟の原告だった方が用意してくださったイノシシ料理をつつきながら、かつて土呂久鉱害を取材した経験がある記者も交えて話をした。川原さんは北九州に転勤になった後、新聞記者として一度だけ土呂久を訪れた。患者のひとりで訴訟の原告だった佐藤鶴江さんの家の前に立ったときのことを、著書の『辺境の石文』（径書房）で次のように書いている。

> ぼくは玄関先に立ちすくんだまま中へは入れなかった。（中略）屋外で同行の記者と立ち話をかわしていたときだ。
> 「そん声は川原さんじゃないですか」
> 鶴江さんが飛び出してきた。宮崎を離れて一年以上たったのに、鶴江さんはまだぼくの声を憶えていてくれたのだ。

佐藤鶴江さんは裁判の途中で亡くなった。それだけに忘れられない思い出だ。

「私が土呂久に戻る気になった動機のひとつです」

昨年、バングラデシュでの活動は大きな山を越えた。今後は日本での活動を中心に据え、原点の土呂久についても改めて語っていくという。

川原さんの歩みは止まらない。

【土呂久鉱害】

旧土呂久鉱山周辺では、亜砒酸の製造が始まった１９２０年代から、大気や水、土壌が汚染され、慢性砒素中毒症の被害が出た。しかし、行政や鉱山会社は「お国のため、地域振興のため」として、住民の訴えを聞き入れなかった。鉱山は62年に閉山したが、環境汚染による苦しみはその後も続いた。

被害が広く知られるようになったのは71年、地元の小学校教師による調査、報告がきっかけだった。環境庁（現在の環境省）は73年、水俣病やイタイイタイ病、大気汚染疾患に次ぐ「第4の公害病」に指定。だが、行政が健康への影響を限定して補償を低く抑えたため、住民や支援者は救済や環境浄化を求める運動を展開した。最終鉱業権者を相手取って75年に始めた裁判は一、二審で勝訴し、90年に最高裁で和解が成立した。

近代の闇 先に見たものは――川原一之

祖母・傾《かたむき》山系の谷間の集落、土呂久に葉室さんが来る。2016年2月のことだ。「曙光を旅する」の取材だという。どこへ案内し、どんな話をしようか。思案したあげく、最初に中世修験者の足跡をしのび、次に亜砒酸《あひさん》鉱毒による近代の闇の遺跡を案内することにした。

取材から1カ月余りたって掲載された。豊後の商人が土呂久銀山を開発した16世紀、技術伝達に来ていたポルトガル人の鉱山技師ヨセフ・トロフにちなんで、土呂久という地名がついたという伝承を紹介し、「豊後にはキリシタン大名として名高い大友宗麟がいた」と展開していた。

「曙光を旅する」の中で、大友宗麟は大分・臼杵の旅にも登場している。「宗麟がキリスト教王国を築いていたら、わが国の歴史は変わっていた」土呂久を臼杵に重ねると、戦国の乱世から江戸の治世に変わる時代の曙光を九州のキリシタン大名にみようとしたことに想像が飛ぶ。

酒を飲まないと寡黙で語らず、取材中はたいしたメモもとらず、自分の胸の奥底におさめたあと、執筆の時になると、独自の歴史観を披瀝《ひれき》しながら鈍器のような刀で鋭利に時代を斬る。得意としたのは、江戸から明治に変わる激変期。その時代の曙光も九州に追った。しかし最後に描きたかったのは、近代の闇の向こう、九州を舞台にした壮大な未来絵図ではなかったか。

明治以降の九州は、繁栄する中央の対極にあって、貧困や害毒や忍従をおしつけられる土地であった。土呂久のほか、筑豊、水俣、長崎、沖縄の高江や辺野古、那覇などを旅して、近代の闇と向き合う人びとに会う。

石牟礼道子さんから、

「日本の近代というのは何だったのでしょうか」

と問われ、松下竜一さんの足跡を訪ねた際には著作『暗闇の思想を』の、

「誰かの健康を害してしか成り立たぬような文化生活であるのならば、その文化生活をこそ問い直さねばならぬ」

という一節に思いをはせた。こうした文脈から、闇をさすかすかな光に、次代の

芽吹きを感知しようとしていたことが読み取れる。

「曙光を旅する」を本にするときは、私との対談を収録したいと希望していた。ねらいは、近代の闇から放たれる曙光によって次代のかたちを浮かび上がらせることだったはずだ。豊富な歴史知識にもとづき、弱い者の立場から未来絵図を描かんとした葉室さん。対談の機会を失ったことが、たまらなく口惜しい。

対談

小説世界 九州の地から

東山彰良×葉室麟

2015年に『流《りゅう》』で直木賞を受賞した東山彰良さんは、葉室さんにとって直木賞作家の後輩であるだけでなく、大学の後輩でもあり、さらには福岡県の同じ私鉄沿線（西鉄天神大牟田線）に住み、親しく酒を酌み交わす間柄。そんな2人が「いま九州で書くこと」について語り合った。

——おふたりは親交があるそうですが、出会いは？

葉室　僕と東山さんは担当編集者がたまたま同じだったんです。昨夏『流』が直木賞候補になった時、その人に薦められて読んでみたら素晴らしかった。お互いに福岡県在住、西南学院大OBと、共通点が多いことも知りました。そこで、東山さんが直木賞にノミネートされた際に、福岡市であったマスコミの取材会をのぞいてみたんです。

東山　若手記者に交じって威厳のある方が座っていたので、新聞社の幹部かと思ったのですが、まさか葉室さんとは。取材会後の飲み会で、意気投合して痛飲。葉室さんは帰りの終電で乗り過ごしてしまって。

葉室　うれしかったんです。『流』には、やられたと思ったので。１９７０年代の台湾で青春時代を送る主人公の時間や、国民党側の兵士として、日本や中国共産党との戦争を闘った祖父の時間が重層的に折りたたまれている。その時間のとらえ方が魅力的でした。

東山　葉室さんの『蜩《ひぐらし》ノ記』にも、やられたと思いましたよ。10年後の切腹を命じられた男が、藩主の家譜を淡々と編纂《へんさん》していく。単純な反復作業のなかに、物語が埋め込まれていく構成に憧れます。

——おふたりとも、九州を拠点に書き続けています。

東山　僕にとっては、余計なものがなくシンプルに暮らせる九州ほど居心地のいいところはありません。

葉室　今は本1冊分の原稿もメールで送れますし、東京郊外より、九州の方がかえって便利かも。

東山　けれど、九州には九州の閉塞《へいそく》感もあります。東京に出た知人の女性が「もう戻りたくない」と言っていました。「女はこうあれ」という抑圧は根強いし、その抑圧は男性にも跳ね返ってくる。そういう鬱屈《うっくつ》や葛藤に身を置くことで、物語が生まれる面もあるのですが。

葉室　僕は歴史を地方の視点、敗者の視点から捉えたいと考えているんです。歴史は勝者の視点でつくられるのが常。でも、敗者であっても真っ当に生きた人たちがいて、敗者には敗者の意味がある。中央ではなく九州のような地方にいた方が、そのことがよくわかります。

――九州にいるから見えるものがある、ということですか。

葉室　九州を舞台に歴史小説を書いていて面白いのは、日本の近代とは何だったのか、という問いに必ず突き当たることです。幕末に先進技術を積んだ外国船が次々と寄港したり、NHKドラマ「あさが来た」でも描かれていますが、近代化のエネルギー源となった石炭産業が興《おこ》ったり。いわば、日本の近代化の「るつぼ」だったんですね。

――九州というローカルを見つめることで、グローバルな潮流も見えてくる、と。

葉室　石牟礼道子さんの『苦海浄土　わが水俣病』がまさにそう。熊本の美しい漁村だった水俣に、近代の波が覆いかぶさった結果、水俣病が生まれてしまった。きれいな海を大切にする人間本来の目をふさぎ、発展や利益といった「幻想」に向かって驀進《ばくしん》していく、この近代とは一体何だ？　その問いを言葉で小説で、表現したのが石牟礼さんです。

東山　小説を書いていて思うのは、書き手の僕がある言葉にたどりついても、登場人物に語らせなければ（読者に）伝わりません。その言葉を語るに足る人物像を描くことが、物語を編み上げることにつながります。

――おふたりで飲みに行くこともあるそうですね。

葉室　東山さんが直木賞を取ってすぐ、久留米の僕の行きつけの店にご一緒したら、女性スタッフが「キャー」って。僕が受賞した時は、そんな声は上がらなかったのに。

東山　いやいや……。僕はテキーラ・マエストロの資格を持っていて、葉室さんにテキーラ仲間の飲み会に参加していただいたことも。最近は九州の日本酒もよく飲みます。福岡の「田中六五《たなかろくじゅうご》」や、佐賀の「鍋島」あたり。鍋島は博多を舞台にした『ラブコメの法則』に登場させました。もちろん焼酎も好きですよ。

葉室　焼酎といえば、筑豊の炭鉱の記録文学を書かれた故上野英信さんを思い出します。

学生のころ訪ねたら、まず焼酎の瓶がぽんと出て来て、「男には文闘と武闘と酒闘がある」とおっしゃる。上野さんは炭鉱労働者の話を聞きに行くので、飲まなかったら話が聞けない。つぶれないよう気合を入れて飲む。九州って、酒でつぶれる男には視線が冷ややかになるから。

東山　それ、それ。それが九州の閉塞感ですよ。

葉室　なぜ酒で闘わないといかんのか、僕もわかりません。『蜩ノ記』では主人公の若い侍が、農民たちに慕われる藩士を山村に訪ねて行き、尊敬するようになる。書いた後で気づきましたが、この関係は僕と上野さんのことだなと。小説って、まったく知らない人のことはやっぱり書けないんです。

東山　ゼロから想像力で物語を立ち上げるＳＦでも、登場人物やエピソードに、どこか自分が投影されています。

葉室　時代小説も同じですね。いい人に出会って酒を飲んだら、その時に自分が感じたものが、作品に返ってくる。自分が感じていないことは書けませんから。小説とは、うそをつけないものかもしれません。

――東山さんは台湾生まれの日本育ち。ご自身の帰属意識はどこに？

東山　帰属先は国家ではなく、家族ですね。華僑という言い方もありますが、自分のことは、台湾で生まれ日本で育った人間、としか考えていません。多くの中国人にとって、国家なんて方便だと思いますよ。

葉室　日本人も江戸時代までは、近代国家の枠組みでものを考えてはいませんでした。薩摩の人が「国」と言えば、それは薩摩藩のことであって。

東山　葉室さんの作品でも、生きるために他藩との国境《くにざかい》を越える人々の姿が描かれていますよね。

葉室　振り返ってみると、僕の小説、山を越えて逃げるパターンがありますね。この前も自分で書いていて、「あ、また山に入って逃げている」と。なぜなのかな。

東山　僕の家族も根底はきっと同じ感覚なんです。祖父は中国大陸から台湾へ流れ、父は僕ら家族を連れて台湾から日本へ渡って来た。すべては生きるためなんです。

葉室　東山さんは存在そのものが「世界文学」ですね。それと、僕は国家や社会への帰属意識は必ずしも持たなくていいと思っています。自分が生育してきたなかで、大事だな、信じられるなと感じたものがあれば、それがよりどころになる。人によってそれは自然の美しさであったり、まわりの人々の言葉の優しさであったりするのでしょう。

――東アジアの国家や歴史の話になると、国境を挟んで私たちの言葉は過熱しがちです。

葉室　国家といっても、一人ひとり生活している人たちの集まりなんだと思えば、ちょっと違うものが見えてくるのでは。僕が時代小説を書くのは、近代国家が成立する前の人間の姿を見たいと思っているからかもしれません。

東山　僕は国家とか歴史とか、大きいことが書けないんですよ。自分が直接知っている人から聞いて、肌感覚で理解できたことでないと、登場人物が生き生きと動き出さないし、小説全体が教科書っぽくなるというか、うそっぽくなります。

葉室　イデオロギーのような大きな話もけっこうですが、その人が今まで生きてきた実感として、何を美しいと感じ、何を大事だと思うのか、その感性から逃げないことが何より大切だと思います。

「垂直方向」へ赴くこだわり――東山彰良

葉室さんと旅について対談したことがある。

そのとき私たちが到達した結論らしきものは、私の思い描く旅が水平方向の移動であるのに対して、葉室さんがこだわっていたのは垂直方向への移動ということだった。

若いころから、私は旅が好きだった。ケルアックの『オン・ザ・ロード』やブコウスキーの『勝手に生きろ！』といった小説、ポール・セローやマーク・トウェインの旅行記などを読み、いつも遠くへ行きたいと思っていた。船に飛び乗って朝鮮半島に渡ったり、タイの山奥でトラックに撥《は》ねられたり、マレーシアで全財産を盗まれたうえに火事でホテルを焼け出されたりした。そのころの記憶が今も原風景となっている。

しかし、葉室さんと知り合い、「曙光を旅する」を読むまで、すっかり忘れていた出来事もある。

頭にバンダナを巻いてベトナムを旅したとき、少女にサトウキビの滓《かす》を吐きかけられた。ふたり乗りのオートバイに水をぶっかけられたこともある。ベトナムの友人からは「バンダナのせいでアメリカ人に間違われたのだろう」と言われたが、私は心のなかで舌打ちしただけだった。

旅のいいところは、嫌なことを後に残して移動できることだ。地図の上を水平に移動さえしていれば、全てを白紙に戻し、おまけにケルアックが書いているように「女たちに、未来に、あらゆるものに会える」と信じていた。

なんと浅はかだったのだろう。物事を深く考える機会よりも、私には次の目的地の方が大事だったのだ。

葉室さんであれば、サトウキビの吐き滓からインドシナ半島の苦難の歴史に想《おも》いを馳《は》せ、顔にかけられた水からベトナム戦争まで掘り下げたはずだ。とどのつまり、それが歴史に触れるということなのだから。

人生到處知何似　應似飛鴻踏雪泥
泥上偶然留指爪　鴻飛那復計東西

〈人の一生など、おおとりが雪どけのぬかるみの上に残した爪痕のようなもので、ひとたび飛び立てば後にはなにも残らない〉というほどの意だ。

北宋代の詩人、蘇軾《そしょく》が詠んだものである。号は蘇《そ》東坡《とうば》、そう、東坡肉《トンポーロウ》をこしらえたとされている人だ。

葉室さんは飛び立ってしまったけれど、後にいろんなものを残していった。いつか私の生まれ育った台湾を一緒に旅してみたかった。私が漫然と眺めてきた風景のなかで、葉室さんはなにを見つけるだろう。美味《うま》い東坡肉をつつき、紹興酒をやりながら、葉室さんは「曙光を旅する」でも遺憾なく引用していた古今東西の詩句で私の目を開かせてくれたに違いない。

第Ⅲ部

苦難の先に

（左から）渡辺京二さん、著者、石牟礼道子さん、南野森さん

熊本の友へ

2016年4月14日夜、熊本県益城《ましき》町で震度7の地震が起きたときは、福岡県久留米市の仕事場で原稿を書いていた。14階建てのマンションが、大きく揺れた。

久留米で震度4。いままで地震があってもこれほど、揺れたことはなかった。地震だけにエレベーターで降りることもできず、閉じ込められた感があって不安だった。

だが、これが本震の前の前震だとは、震度7という数字を見ているだけに予想もしなかった。翌々日16日午前1時25分の本震では書棚の本が散乱し、観葉植物が倒れ、棚の置き時計が転げ落ちた。翌朝からテレビで熊本の被災の様子を見て、熊本城の石垣が崩れ、阿蘇大橋が落ちているのを知ってショックだった。

加藤清正《かとうきよまさ》が築いた熊本城が、熊本県民にとってどれほど大切な城なのかを同じ九州人だけによく知っている。熊本城には加藤清正を思わせる男性的な強さがあった。

西南戦争で西郷隆盛率いる薩摩隼人《はやと》の猛攻にも耐え抜いた難攻不落の城だと誰もが信じていた。

その城の石垣の一部が崩れた映像は、それだけでも衝撃的だった。どのような苦難が襲っても支えてくれる不屈の漢が力尽き、頽《くずお》れたような印象を持った。大げさかもしれないが、日本はどうなるのか、と思った。それほど大きな困惑にとらわれた。

しかもなおかつ余震が続く。

兵庫県芦屋市での仕事が入っていたため、この日、京都の仕事場に移動したが、夜になってベッドに入っても体が揺れて、「地震だ――」と思って起きてしまう。

不眠に悩まされる。この原稿を書いている19日になっても、体の奥の「揺れる」感覚は治まらない。

熊本と久留米市はおよそ70キロ、車で1時間半ほどの距離だ。それなのに、精神的な後遺症があるのだ。

熊本の被災地の方々がどれほどの恐怖と衝撃を受けられ、しかもいまも続いているのだ、と思うと発する言葉も無い。

現在、高校の教師をしている次女が熊本大学に通っていたため、以前、熊本に足を運ぶ機会が多かった。

また、九州、山口の歴史の現場を訪ねる紀行エッセーを朝日新聞の西部版で毎月1回連載しており、昨年12月から今年の春にかけて熊本県を数度、訪れた。

水俣を訪ねて坂本しのぶさんたち、胎児性水俣病患者さんと各新聞社、テレビ局の記者たちの忘年会に参加させていただいたりもした。

熊本市に住む、『苦海浄土　わが水俣病』の著者、石牟礼道子さんを訪ねてお話をうかがった。この時、石牟礼さんの俳句、

祈るべき天と思えど天の病む

についても語り合った。近代の矛盾が凝縮した公害であった水俣病の苦しみを知ることで生まれた俳句だ。

その時から、わずか数カ月後、天ではなく、大地が揺らぎ、大きな苦難が熊本を襲うことになるとは夢にも思わなかった。

信ずべき大地が鳴動し、ひとびとの暮らしを壊し、脅かしたのだ。

石牟礼さんは東日本大震災と福島原発事故の後に「花を奉る」という詩を書いている。

現世はいよいよ地獄とやいわん
虚無とやいわん

ただ滅亡の世せまるを待つのみか
ここにおいて
われらなお
地上にひらく
一輪の花の力を念じて合掌す

一輪の花の力を、われわれは熊本においても念じなければならないのか。

今年3月にも熊本市の思想史家、評論家、渡辺京二さんをお訪ねした。

近代化の中で失われた日本という国を描いた『逝きし世の面影』の著者である渡辺さんに近代とは何であったのかをおうかがいしたかった。

石牟礼さんと渡辺さんが長年の盟友であり、同志であり、何よりも信頼し合い、支え合ってきたことはよく知られている。

『苦海浄土　わが水俣病』はもともと「海と空のあいだに」というタイトルで、1960年代後半に渡辺さんが出していた「熊本風土記」という地元誌に連載された。さらにおふたりは水俣病患者を支援する「水俣病を告発する会」でもともに闘った。

石牟礼さんは現在、パーキンソン病を患われ、渡辺さんは週5日、石牟礼さんを訪れて資料の整理や時には原稿の口述筆記などをしている。渡辺さんは、「老老介護です」

と笑って話してくれた。

ともに80歳を超えている。しかもいまもなお現役として活動を続けている。近頃、渡辺さんの呼びかけで新たな地元の文芸誌、「アルテリ」が創刊されたばかりだった。

発刊にあたって渡辺さんは次の文章を同誌に寄せている。

> 現代はとっくに文学の世紀ではない。文学は冗談とお噺のマイナーな世界に閉じこもってしまった。滅びゆく森のどこに隠れた小径を見つけられよう。それでも言葉によって生きたい。それによってしか真に生きられないという人びとが存在する以上、森の深みに通じる小径はおのずと光を放たずにはおかぬだろう。

大地震の後、「滅びゆく森」に光を放つ小径は見つかるだろうか。

渡辺さんのお話は同市の健軍神社に近いご自宅でうかがい、さらに「アルテリ」を発行する拠点となっている市内の本屋さん兼カフェ「オレンジ」でも数時間にわたって話した。

ひと月後に大地震が起きるなどとは思わず、近代について、文学について語り合った。高齢になってなお歩むことをやめないおふたりを今回の地震が襲ったことを思うと胸が痛む。

記者から石牟礼さんのお部屋の資料が散乱したが、ご本人は無事だと聞いて胸をなで下ろす思いだった。渡辺さんのご無事も祈るばかりだ。石牟礼さんと渡辺さんをお訪ねした夜は、かつておふたりを始め、水俣病闘争に関わった人たちの拠点となった店「カリガリ」で同行した記者とともに痛飲した。それがついこの間のことなのに、といまも信じられない気持ちでいる。「オレンジ」は、「カリガリ」は無事なのか、と思ってしまう。

熊本で会った記者たちはいま寝食を忘れて懸命な取材を続けているに違いない。しかし、新聞を読むのもテレビニュースを見るのも怖い気がする。それでも、直視しなければ、と自分に言い聞かせる。

かつての阪神・淡路大震災、東日本大震災を思い起こせば、同じ九州在住の身として、熊本を支援し、馳せ参じなければならない、と足掻くような思いでいる。だが、九州新幹線が止まり、交通網が寸断され、支援物資の輸送もままならないと聞けばどうしたらいいのか。何ができるのか。何をしたらいいのか。

辛い年になった。

【熊本地震】

２０１６年４月14日午後９時26分、熊本地方でＭ６・５の地震（前震）が発生し、28時間後の16日午前１時25分にはＭ７・３の地震（本震）が起きた。熊本県から大分県にかけて４月30日までに震度１以上の地震が１０００回以上発生し、熊本県益城町では震度７が２回観測された。熊本県南阿蘇村では、本震に伴う土砂災害で全長約２００メートルの阿蘇大橋が崩落した。家屋の倒壊などで亡くなった直接死は50人。避難生活による環境の変化などが原因の災害関連死は２００人を超えた。熊本県で約４万棟の住宅が全半壊し、最大18万人が避難した。葉室さんは地震発生から半月後に被災地を訪ねた。

希望の芽吹きを信じて

熊本

家屋が巨人の手で押しつぶされたように倒壊し、道路は波打ち、亀裂が走る。残った家々にも危険であることを示す赤紙が貼られている。

地震の被災地、熊本県益城町を訪れた。益城町役場から避難所をめぐった。床に段ボールや毛布を敷いただけでお年寄りが横たわっているのを見ると、胸が詰まった。

ボランティアによる炊き出し、各地から訪れた自治体職員や自衛隊の救援活動を見て、わずかに心が慰められるものの、一歩ずつ足もとを確かめながらしか進めない不安と無力感に苛《さいな》まれる。

同行した記者は地震発生を知ると、夜中に車で益城町に急行したという。記者は車を止め、暗闇の中を走った。ヘルメットをかぶった頭に何かがガツンと当たった。夜が明けてから、電柱が斜めに倒れているのにぶつかっていたのだ、とわかった。朝の光の中で被災の無惨《むざん》な光景を見て呆然《ぼうぜん》としたという。

＊

熊本を訪ねたのは、この連載でこれまでにお話をうかがった作家石牟礼道子さん（89）と思想史家渡辺京二さん（85）をお見舞いするためだった。石牟礼さんには去年（２０１５）12月、渡辺さんには今年3月と、半年以内に会ったばかりだ。その時は、間もなく熊本が大地震に襲われることになるとは夢にも思わなかった。

あらかじめ電話すると、渡辺さんの声は元気そうだった。自宅をお訪ねすると、「大丈夫です」と言われ、書棚から崩れ落ちた本の片づけをされていた。

だが、疲労の色は濃い。余震は続き、この日も大分で震度5強の地震があった。だが、続いてお訪ねした石牟礼さんは、前日まで入っていた病院から戻られていた。ベッドに横たわった顔色は優れない。

「お話ししたいのですが、息が苦しくて」

そう話す石牟礼さんのかすれた声をせつなく聞いた。

今年は水俣病患者公式確認から60年。関連する行事もあり、石牟礼さんの声を待つ人も多いはずだ。そのことを思うと、お見舞いの言葉も途切れがちになる。

*

熊本城の周囲を歩いてまわった。

天守閣の屋根瓦が落ち、石垣の一部が崩れ、櫓《やぐら》が倒壊し、城の周囲を囲っている長塀の半分ほどが倒れている。その有り様は新聞、テレビでも伝えられているままで、いまさら言葉にすることではない。

おそらく熊本城の再建は、地震被害からの復興のシンボルとなっていくに違いない。

だが、そのためにどれほどの時間と資金が必要となるのだろう。

傷ついた熊本城を眺めながら思うのは、人の命が、暮らしが、地割れにのみ込まれるように失われていったということだ。

戻ることはないのだろうか。

熊本城のほど近く、水俣病闘争に関わった人たちの拠点となった店「カリガリ」を訪れた。ドアの開け閉めができなくなっていた。

店に来た新聞記者と話をした。被災者を取材していて、思いがけない人の絆を知ったという。例えば、周囲と交わらず孤独に見えたお年寄りのことを、意外な人が知っていた。普段は見えない人のつながりが災害によって浮かび上がる。人は、やはり一人では生きていないのだ。

震災は戦争の惨禍に似ている。

「国破れて山河在り　城春にして草木深し」で始まる唐の詩人杜甫《とほ》の詩「春望」はよく知られている。

玄宗皇帝の時代、安禄山《あんろくざん》の乱に巻き込まれた杜甫は囚《とら》われ、内乱で荒廃した首都長安を目の当たりにした。この詩の続きを紹介する。

時に感じては花にも涙を濺《そそ》ぎ
別れを恨んでは鳥にも心を驚かす
烽火《ほうか》三月《さんげつ》に連なり
家書万金《ばんきん》に抵《あた》る
白頭掻《はくとうか》けば更に短く
渾《す》べて簪《しん》に勝《た》へざらんと欲す

〈この嘆かわしい時節にあっては、平和な春ならば楽しめる花を見ては涙を流してしまう。家族との別れを惜しみ、鳥の声を聞いても心が痛む。戦火は3カ月たっても止《や》むことがない。やっと届いた家族からの手紙は万金に値する。白髪の頭をかくと心労で髪も抜けて、かんざしも挿せない〉

そう詠んで、杜甫は悲嘆にくれる。

*

だが、被災地で呆然と宙を見据えるお年寄りの傍らに愛犬が寄り添っていた。避難所でも子どもたちは元気に遊んでいた。

自衛隊が用意したお風呂に入るため順番を待つ女性たちと、女性隊員が笑顔で話していた。声が明るい。避難した人たちに少しでもよい環境をと心を砕く人々の姿は真摯《しんし》そのものだ。

日常は失われてはいない。希望はそこかしこに小さくとも芽吹く。

今は、ただそう信じる。

先人が問う「国のかたち」

熊本

熊本市を訪れた。雨催《あめもよ》いだった。

「曙光を旅する」で水俣を訪れた際も、曇天で雨がしきりに降っていたことを思い出す。

あのおりには水俣に続き、翌日には『苦海浄土　わが水俣病』の作家、石牟礼道子さんを熊本市にお訪ねした。その後、熊本市の社会思想史家、渡辺京二さんにお話をうかがった。震度７を記録する大地震が熊本を襲ったのは、渡辺さんを訪ねて間もなくのことだった。

石牟礼さんは、今年（２０１７）３月に90歳の誕生日を迎えられた。今回の旅でも、熊本市内の病院に入院されている石牟礼さんを、渡辺さんとともにお見舞いした。

石牟礼さんは痩せておられたが、お元気そうで、作家として書き続けようという意欲は衰えていなかった。子供のころ、海で溺れた経験を話された。聞いていると天草の海の光景が鮮やかに浮かんでくる。

＊

熊本市を訪れたのは、熊本藩出身で明治憲法の起草者となった井上毅《こわし》について考えたかったからだ。

井上は明治政府の官僚として渡欧した。伊藤博文や岩倉具視《いわくらともみ》に用いられ、プロシア（現代のドイツ）憲法を手本にした欽定《きんてい》憲法（君主が国民に与えた憲法）の構想をまとめて提出した。これが政府の憲法構想の基準となった。

井上は有能な官僚であり、冷徹な政治的リアリストだったが、個人的なエピソードは少ない。持病の結核に生涯苦しんだことが挙げられるぐらいだ。ただ、同時期にフランスに留学して親しかった自由民権運動の思想家、中江兆民は随筆『一年有半《いちねんゆうはん》』で井上を、

　真面目なる人物、横着ならざる人物
　近時我邦政事家井上毅君較《や》や考ふることを知れり

と評している。真面目で政治家の中では、やや考えることを知っている、とは兆民の

目から見て思想を持っていたということなのか。

井上はその後、伊藤のもとで金子堅太郎、伊東巳代治《いとうみよじ》とともに憲法草案づくりを行い、憲法本文と皇室典範を担当した。

明治22年（1889）、明治憲法が公布されると、翌23年（1890）には、同じ熊本出身の儒学者元田《もとだ》永孚《ながざね》と教育勅語の起草に携わった。元田が儒教思想の徳治主義に立ち、井上は法治主義の立場から元田の道徳主義を抑えたという。

＊

井上の史跡を訪ねるに際して、九州大学法学部教授で憲法学者の南野《みなみの》森《しげる》さんに同行をお願いした。

南野さんとは以前に対談集『日本人の肖像』で対談をしたことがある。その時、憲法についての話で、

〈本来、憲法とは、日本という国の、あるいは社会の根本的な形を指す言葉です。つまり、憲法を考えることは、「この国のかたち」を考えることにつながります〉

という言葉が印象に残った。

憲法は、どういう国をつくりたいのか、という目標と切り離せない。井上が関わった

のも、「この国のかたち」づくりだった。

小雨の中、熊本市立必由館《ひつゆうかん》高校の正門脇にある誕生地碑などをまわった。タクシーの運転手さんに井上について訊くと、「あまり知りません」という。かわりに横井小楠《よこいしょうなん》について訊ねると、すぐに「知ってますよ」という答えが返ってきた。

熊本藩士の横井小楠は、勝海舟が明治になって語録『氷川清話』で、

> おれは、今迄《まで》に天下で恐ろしいものを二人見た。それは、横井小楠と西郷南洲《なんしゅう》（隆盛）とだ。

として挙げた思想家だ。幕末、越前福井藩の松平春嶽に招かれて藩政改革に手腕を振るい、海外と積極的に交易を行う開国論を主唱した。甥《おい》たちがアメリカに遊学する際に贈った詩が有名だ。

> 堯舜《ぎょうしゅん》孔子の道を明らかにし
> 西洋器械の術を尽くさば
> なんぞ富国に止《とど》まらん
> なんぞ強兵に止まらん

大義を四海に布《し》かんのみ

儒学者である小楠は、孔子や孟子の教えを極めれば、世界的な普遍の真理に至り、さらに西洋の技術を学べば、富国強兵を目的とするだけでなく、世界に大義を広めることができる、と考えた。井上は22歳のとき、藩校時習館の先輩である小楠を訪ねて問答した。この記録は「沼山対話」として遺された。井上は小楠との対話で学んだものがあったはずだ。

＊

市内をまわった後、南野さんと話した。南野さんは言った。

「井上はドイツ式の国体をつくったひとですが、フランスを非常によく知っていたので、明治憲法は例えば、フランスの『コンセイユ・デタ』（国務院）によく似た『行政裁判所』を採り入れるなど、フランス的な制度もちりばめられています」

兆民が評価したのはこのことなのかもしれない。

南野さんは「当時では先進的な工夫が凝らされた立憲主義憲法だったと言えるのでは」と話した。一方で「明治憲法の中に天皇が政治利用された場合の歯止めがなかったのが限界だったのかもしれません」とも付け加えた。

井上の果たした役割は何だったのか。

強まる国権主義に民主的な思想をひそませたようにも思える。それが国家への忠誠であると井上は考えたかもしれない。

南野さんの説明に耳を傾けながら、ふと、今年90歳の石牟礼さんは戦前の明治憲法の時代に生まれたのだ、と思った。きらきらした澄明さを思い起こさせる石牟礼さんが水俣病闘争を通じて批判した政治の源に井上はいる。

井上が夢見た「この国のかたち」はどのようなものだったのだろう。

小雨に煙る熊本城の地震で無《む》惨《ざん》に崩れた石垣を眺めながら、そんなことを思った。

【井上毅（1843〜1895）】

熊本に生まれ、幼少から秀才として知られる。藩校時習館で学び、その後、江戸でも学ぶ。

明治維新後、明治憲法（大日本帝国憲法）や皇室典範、教育勅語の草案づくりなど内政外交の様々な政策立案にかかわり、第2次伊藤博文内閣では文部相を務めた。一方、1891年に来日中のロシア皇太子が警察官に襲われる事件（大津事件）が起きると、皇室に対する罪を適用して死刑を求める意見が政府内からも噴出する中、法の支配や罪刑法定主義の原則堅持を伊藤らに説き、乱暴な法解釈を戒めた。

井上や横井小楠が学んだ藩校時習館は、現在の熊本城二の丸広場あたりにあったという。横井小楠は葉室さんの小説『春風伝』『天翔ける』に登場し、小楠が指導した熊本の開国派と攘夷派との確執は『神剣 人斬り彦斎』でも描かれている。

苦難乗り越え 静謐祈る

秋月（福岡県）

秋月《あきづき》に行った。

拙作『秋月記』『蒼天《そうてん》見ゆ』の舞台であり、取材で足繁《しげ》く訪れた場所だ。２０１７年７月の九州北部豪雨で被害が最も大きかった福岡県朝倉市にあり、影響が気になっていた。

秋月は市北部に位置し、市南部を流れる筑後川から少し離れているため、被害は大きくはなかったとは聞いていた。それでも実際に行ってみなければわからない、と思った。

久しぶりに訪れた秋月は静かな佇まいが変わっていない。黒門、瓦坂、春には満開の桜並木となる杉の馬場のあたりを歩いてみれば、江戸時代の城下町そのままの趣を今もたたえている。

だが、心なしか、観光客の姿が少ない。朝倉市の被災がニュースで流れたためではないだろうか。風評被害が観光客の足を遠ざけているのかもしれない。だとすれば、寂しいことだ。

＊

秋月では、文化8年（１８１１）、家老の宮崎織部《みやざきおりべ》が、若手藩士の間小四《あいだこし》郎《ろう》たちの告発によって失脚した政変、

――織部崩れ

が起きている。また、明治になって、秋月藩士の子、臼井《うすい》六郎《ろくろう》が東京で「日本最後の仇《あだ》討ち」をしている。

日本の原風景のような風光明媚《めいび》な秋月で泥臭い政争が起き、凄惨な仇討ちの原因となる憎悪が渦巻いていたのか、という驚きが小説を書くきっかけとなった。

だが、歴史の動きはそれだけではない。

明治9年（１８７６）10月、旧秋月藩士が決起して、

――秋月の乱

が起きている。明治7年2月、江《え》藤新平《とうしんぺい》らによる佐賀の乱が起き、さらに同9年10月24日、熊本で神風連が挙兵すると、秋月の旧藩士たちおよそ２５０人も呼応して起こっ

た。

このころ、地租改正に不満を抱く農民は、茨城、三重、愛知、岐阜、堺などで一揆を起こし、国内は騒然となっていた。

秋月での挙兵の目的は、政府の開化政策への反対と国権の拡張などで、旧士族の立場からの反政府の反乱だった。

政府軍は秋月に急行し、11月３日に至って乱は鎮定され、首謀者は斬罪に処せられ、懲役に処せられた者は１４４人に達した。

佐賀、熊本、秋月での反乱は明治10年、西郷隆盛が起《た》ち、旧薩摩藩士が鹿児島から発して大反乱を起こした、

――西南戦争

の魁《さきがけ》でもある。同年２月に始まった戦いは、敗走した西郷隆盛が鹿児島の城山で政府軍に包囲され、戦死するまで７カ月に及んだ。

西南戦争に動員された政府軍の兵力は、陸軍５万８５５８人、海軍は２２８０人で、戦死６８００人余、戦傷９２００人余だった。一方、西郷軍の総兵力は約３万人で損害は、戦死約５千人、戦傷約１万人だった。また、戦後になって斬罪22人を含む２７６４人が処罰された。

まさに九州の山河を血で染めた、と言ってもいい。そのような内戦の発火点の一つが、

いまは静寂に包まれている秋月なのだと思うと感慨深いものがある。

＊

秋月に立って抜けるような青空を眺めていると、政争や仇討ちや反乱の史実が嘘のようにさえ思える。

しかし、晴天が突如崩れ、流血の惨事があり、また以前と変わらぬ平穏な静けさに戻っていくのが歴史なのかもしれない。

九州北部豪雨では、福岡・佐賀県境の脊《せ》振《ふり》山地の東端付近で、湿った空気がぶつかって積乱雲が発生した。

湿った空気は次々とぶつかり続けて新たな積乱雲となり、東の朝倉市などの方角へ流れて豪雨につながったという。

秋月を見た後、豪雨被害が大きかった朝倉市南部をタクシーでまわった。

被害に詳しいタクシーの運転手さんが、川があふれ氾濫《はんらん》した様子を話してくれた。

三連水車が復旧している。だが、流木が川筋にいまも残り、本来なら青々と稲穂が実るころに、泥に覆われた水田が続いていた。

*

筑後川の近くまで行ってタクシーを降り、滔々とした川の流れを眺め、空を見上げれば蒼天が広がる。

歴史の中でどれほど多くの災害や争いによって人々がすべてを失い、そしてまた困難を乗り越える努力によって自らを取り戻してきたことか。

『秋月記』では主人公の間余楽斎（小四郎）は島流しの刑となって、秋月を去りつつ、

「（秋月の）その静謐《せいひつ》こそ、われらが多年、力を尽くして作り上げたもの。されば、それがしにとっては誇りでござる」

と話す。われわれは、災害や戦争などの、苦難に遭った後、静謐を得るべく努力をしてきた。

そのことは今も変わらない、と災害からの復旧を祈りつつ思う。

【秋月】

古処山《こしょさん》（約８６０メートル）のふもとの盆地に位置し、鎌倉時代から秋月氏が16代にわたって支配した。江戸時代の１６２３年には黒田長政の三男長興を藩主として、福岡藩の支藩、秋月藩（５万石）が置かれ、以来12代にわたって黒田氏が治めた。

明治時代の廃藩置県や町村制施行などを経て秋月町となり、１９５４年に合併で甘木市に。さらに甘木市は２００６年に朝倉町、杷木町との１市２町の合併で朝倉市となった。

今も黒門や長屋門、目鏡橋など旧城下町の姿が残る。国の重要伝統的建造物群保存地区に選定され、「筑前の小京都」として観光客に親しまれている。

【九州北部豪雨】

２０１７年７月５日から６日にかけて、福岡県と大分県を中心に九州北部地方で記録的な大雨が降った。次々に発生した積乱雲が帯状に並び、長時間にわたって雨を降らせる「線状降水帯」が要因だった。崖崩れや河川氾濫を引き起こし、大量の土砂や流木が集落を襲った。死者・行方不明者は40人を超え、住宅や農地、道路、鉄道に大きな被害が出た。

葉室さんが被災地を訪ねたのは、発生から１カ月半ほどたったころだった。

憲法への深い見識に驚き――南野森

初めてお目にかかったのは２０１５年の秋。憲法について対談させていただいた。ちょうど「平成の安保国会」が閉じた直後だったので、当然、憲法9条や集団的自衛権といった話題が中心だろうと想像して臨んだ。だが、いきなり面食らった。葉室さんは「憲法問題＝九条と考えられがちですが」と前置きし、こう話された。

> 日本国憲法の第一章（一～八条）で最初に取り上げられているのは天皇です。（中略）戦後の憲法の成り立ちを考えると、憲法のメインにあるのは天皇制なのです。

9条よりも先に1条を議論しようとされたのである。そして終始、私は葉室さんの見識の深さにも驚かされることになる（この対談は『日本人の肖像』に収録）。対談後の宴席も驚きだった。およそ威張るという空気が感じられない。年の差だけではない、内面の大きな差をも、ふと忘れさせてくれるかのような軽口を葉室さんが織り交ぜて下さったこともあり、実に幸せな時間を過ごさせてもらった。

その後、何度かご一緒したが、博多で焼き鳥を食べた時も、京都で遅くまで呑《の》んだ時も、葉室さんの「威張らなさ」と軽口は変わらなかった。だからいつも葉室さんの周りには、葉室さんを慕う記者や編集者、読者、そしてだいぶん若い作家仲間がいて、にもかかわらず実に対等にみえる友情が感じられた。

そんな葉室さんから「『曙光を旅する』の取材に一緒に行こう」と誘われたのは17年の3月。大地震からほぼ1年の熊本だった。

熊本出身の「明治憲法の父」、井上毅にかねてより興味を抱いていた私は、井上を主人公に出版されたばかりの村木嵐『やまと錦』を読んだ上で、浮き立つ気持ちで向かった。まず渡辺京二さんに、つづいて石牟礼道子さんにも紹介していただいたこと、そして横井小楠の旧居脇にたつ記念館を西郷吉之助にも思いを馳せつつ葉室さんと歩いたことは、生涯忘れられない思い出となるだろう。

いま、葉室さん最後の作品の一つとなった『大獄　西郷青嵐賦』を読みながら、あのとき記念館で葉室さんは何を考えていたのだろうかと、記憶をたどりつつ想像をふくらませている。

いまこそ憲法について、そして日本について、考えを聞かせていただきたいと思っていた矢先、逝ってしまわれた。しかし言葉は残る。思い出を大切にしながら、残された言葉を一つ一つ読み直していきたい。

第Ⅳ部

曙光を探して

水俣にて

インタビュー
「司馬さんの先」私たちの役目

このインタビューは２０１７年の春先。葉室さんの司馬遼太郎賞受賞と小説単行本50作突破、そして「曙光《しょこう》を旅する」連載開始から2年の節目に合わせたものだった。葉室さんは旺盛な創作意欲、歴史との向き合い方、さらには人生観までも率直に語った。急逝するのは、この年12月。インタビューには奇しくも、残された時間を常に意識して執筆に臨み、覚悟を持って生きた葉室さんの姿が刻まれている。本書では、新聞掲載時に紙幅の制約でカットされた発言も含めて収録した。

――小説『鬼《き》神《じん》の如《ごと》く　黒田叛臣《はんしん》伝』で第20回司馬遼太郎賞を受賞されました。高校時代に『竜馬がゆく』を読んで以来の司馬ファンと聞きましたが。

尊敬する司馬さんの名前のついた賞を節目の20回目にいただいたのは大変うれしい。

司馬作品は、最初は面白くて読んでいたけれど、いま振り返ると、人の生き方を通して歴史というものを考えるきっかけになりました。

坂本竜馬は薩摩と長州という当時の２大セクトの間を行き来し、幕府とも関係がありながら活躍した。私が大学のころは学生運動の時代で、セクト間の対立が激しかった。竜馬はイデオロギー的な抑圧から自由なヒーローとして映り、どうやったらあんな生き方ができるのかとあこがれました。

一方で、司馬さんが創作活動をしていた時期は主に米ソ冷戦の時代。亡くなられたのは、戦後50年の翌１９９６年。私たちはその次の時代を生きている。戦後70年を超え、日本の戦争を日本が「歴史」として考えられる時代が来たように思います。来年は明治維新から１５０年。「日本の近代化とは何だったのか」と総括する時期に来ている。

司馬さんの考えたことや仕事へのリスペクトに立ち、その先を見るのが、私たちの世代の作家の役目だと思います。

＊

――直木賞受賞作『蜩《ひぐらし》ノ記』を出版した11年からは、小説を年に6～8冊のハイペースです。アイデアは尽きないのでしょうか。

いえ、50作目を過ぎ、司馬賞で勢いをいただいて、これから本格的に書いていく準備がやっとできたかな、という心境です。

「人生は挫折したところから始まる」が、私の小説のテーマ。小説とは、喜びや悲しみ、憤りといった感情が基軸になる。50歳を過ぎて作家デビューするまでに人生の経験を積み、さまざまな感情を味わってきました。それらを思い起こし、一つひとつを物語にしているという感じがあります。若い作家と比べ、経験の数が私の強みです。

過去を思い出して物語にしたい、という衝動は、ある程度の年齢を経れば、誰しもあるのではないでしょうか。それは、かつての自分を正当化するというのではなく、「傷ついた」という悔しさ、あるいは「人を傷つけたかもしれない」という反省を、物語にすることで救おうという衝動です。表現の仕方は文章だけでなく、絵や音楽など、人によってさまざまですが。

60歳を過ぎてからは「健康で、今のペースで仕事ができるのは、あと3年かな、5年かな」と日々、考えています。

と言うのも、私は57歳だった09年、『いのちなりけり』で初めて直木賞候補になりましたが、その時は52歳だった山本兼一さんが受賞し、61歳だった北重人さんも候補になりました。「おじさん世代が頑張っている」とも言われましたが、北さんはその年に、山本さんも14年に亡くなりました。

さらに言えば、尊敬する筑豊の記録作家、上野英信さんが亡くなったのが64歳。司馬さんは72歳。そう考えると、私も残された時間を意識しながら、伝えたいこと、表現したいことをすべて書きたい。そういう思いはものすごく強いです。

*

――『墨龍賦《ぼくりゅうふ》』の主人公で絵師の海北友松《かいほうゆうしょう》は晩成で、60代後半から絵師として本格的に活動しました。作家としての葉室さんに重なるようにもみえます。

歴史小説は、自分に似た人を歴史の中に探して書きます。性格や置かれた状況など、「かっこ良くて似ている」というわけではなくて、逆に「弱っちい」みたいなところで通じることもあります。自分とつながる人から見る方が、歴史がよく見える気がします。

――友松をはじめ、絵師や俳人、茶人といった芸術家が主人公の作品も多く書いていますね。

私は新聞記者時代から今に至るまで、原稿を書くこと以外の方法でお金を稼いだことがありません。言葉や文章で表現することで、世の中に関わり、生きてきました。そうしたことから、絵師や茶人といった表現者に託すと書きやすいのかもしれません。

――これまでは「組織の中での個人」に光を当て、人としての誇りや意地を描いた作品を数多く書いてこられました。ですが、近作は、中でも西郷隆盛や幕末の志士たちの若き日を描いた『大獄 西郷青嵐賦』や、明治期の文学者が次々に登場する『蝶《ちょう》のゆくへ』など、ひとつの時代をまるごと描く作品が増えているようです。

その2作品では、私なりの明治維新論を、近代という歴史そのものを描きたいと考えて書いています。ただ、そこでも個人の心情を大事にしながら描いていきたい。

『大獄 西郷青嵐賦』は、西郷の心情に沿っていますが、西郷はこれまでの私の小説の登場人物にもあるような性格だと言えるな、と思ったから書いています。『蝶のゆくへ』では、当時の時代の中での女性の、そして男性の生きにくさみたいなものを表していきたい。

*

——朝日新聞西部本社版では月1回、歴史紀行「曙光を旅する」を連載し、4月から3年目に入ります。

連載を通じて、若いころから尊敬していた上野英信さんや松下竜一さんの足跡を訪ね、しのぶことができました。石牟礼道子さん、渡辺京二さん、川原一之さん、古川薫さんといった先輩たちともお会いでき、得がたい機会となりました。

九州・山口・沖縄は、現代に至るまでの日本を考える材料がそろっています。幕末・明治維新から、戦後のエネルギー革命や公害、安保まで。旅をしながら各地を見ていると、日本の近代が浮かびあがってきます。旅の中でいろいろ考えることができるとともに、これまで考えてきたことを現場で確認する旅にもなっています。

連載の1回分は短い文章ですが、今まで書いてきたものがずっとつながり、響き合っていると感じます。例えば、第1回の15年4月、小倉の旅では「時代に暗雲がかかる時は詩人の出番だ」と書きましたが、今年2月の鹿児島の旅で「西郷は革命家というよりも、一個の詩人であった」と書き、呼応しました。

――2年前から京都にも仕事場を構えましたが、これからも拠点は九州に置くのでしょうか。

京都にいると、日本の歴史の中心を知ることができます。でも、私は地方紙記者出身であり、発想も地方紙記者そのもの。地方が大事で、そこに寄り添っていきたいと根っから思っています。だから京都に行っても、「出張して、いろんなものを学んで帰ってきます」という感じです。東京に引っ越した自分の姿は思い浮かびません。

（聞き手・佐々木亮）

「葉室メモ」——「曙光を旅する」出発を前に

「曙光を旅する」の新聞連載を準備中だった２０１５年２月下旬、葉室さんから担当記者に一通のメールが届いた。メールには「紀行文について考えたことと候補をメモで送ります」「もう少し練ったほうがいいと思うので、たたき台として。もっと小さい、ささやかな話にと思うのですが」と書かれていたが、添付された文書を開くと、単なる「メモ」にはとどまらない、日本の歴史に対する深い省察が込められていた。「葉室史観」の一端を示す、その内容をここに紹介する。

連載を始めるにあたってのおおざっぱなメモです。

今年（２０１５）８月の安倍談話から２*０２０年の東京オリンピックにいたるまで、

改憲の流れが強まっていくかと思うのですが、その中で問われるのが歴史認識ではないかと考えています。近現代史をどうとらえるかというより、大航海時代から始まるヨーロッパの世界支配の中で植民地化されていったアジアの側からの歴史のとらえ直しが重要であり、それなくして昭和の戦争の総括もないのではないかと。

さらに言えば、日本という国はヨーロッパに比べて、まことに外征が少ない国です。NHK大河で戦国時代などをテーマにするからいつも戦争をしていた国のようですが、源平動乱、戦国の戦乱などは内戦というか、権力争いの紛争で、国と国が総力を上げてつぶし合う「戦争」と呼ぶに値するのは幕末の戊辰戦争ぐらいではないかと思います。

一方、外征としては、

1. 白村江の戦い
2. 豊臣秀吉の朝鮮出兵
3. 明治から昭和にかけての日清、日露、中国大陸から太平洋での大日本帝国戦争

という三つの枠にくくることができるかと思います。すなわち、はなはだ少ないのです。

そしてこれらの外征はいずれも失敗している。重要なのは外征の失敗後に日本という国が形作られていったということです。

白村江の敗戦後、戦争を主導した天智《てんじ》天皇の近江朝は天武天皇によって倒されるという政権交代が起き、飛鳥、奈良時代の「女帝の世紀」をへて平安にいたるまで遣唐使を派遣して中国の律令体制にならった国家建設を行います。

豊臣秀吉の朝鮮出兵が失敗すると、豊臣政権は倒れ、織田、豊臣と続いた重商主義で海外への発展を図る政権から、東日本に首都を置き、内治を優先する農本主義的な徳川政権へと移行します。そしてこの2回の政権交代によってわが国は平安時代と江戸時代という、わが国固有の文化を形成した時代を迎えたと言えるのではないでしょうか。

(一方で外征ではなく蒙古襲来という外圧の影響によって鎌倉政権が崩壊し、西日本(京)を根拠地にした足利《あしかが》政権の室町時代は中国との交易を積極的に行い中国文化の輸入に努めて、その後の日本文化の下地作りをするのですが、そこはちょっと置いといて)

重要なのは、「明治から昭和にかけての外征」の敗戦後の日本です。

戦争に懲りて、内治と経済、文化の発展に努める時期であるという点では、まさに、日本が日本らしくある時期と考えられます。あえて言えば、戦後の日本こそがもっとも日本らしい日本である(象徴天皇制も含めて)のかもしれません。しかし、前2回の外征失敗と「明治―昭和の外征」の失敗が大きく違うところが二つあります。

ひとつには、前2回の外征で日本は海を越えた覇権を持つ、いわば帝国を築こうとしたのですが、外征の失敗によりかないませんでした。しかし、「明治―昭和の外征」では一時的に海外で覇権を持つ帝国を築き、一面的に言えば「輝かしい記憶」を残しました(これは古代から巨大文明の中国に隣り合わせた周辺国家であり続けた日本にとって夢のような歴史的な経験でした)。

さらに「明治―昭和の外征」の失敗は外国による占領という有史以来、経験したことのない、これもまた歴史的事態になり、大きなトラウマと自信喪失をもたらしました。

今回の連載にあたってイメージされた司馬遼太郎さんは、時代の中で弁明の余地がある日露戦争まではよかったのだ、という形で「輝かしい記憶」の一部だけをすくいあげ、それを戦後社会に差し出すことで、トラウマを癒し、自信回復につなげたのではないかと思います。

しかし、やはり過去にすがるのは、未来への道を開くことではないので、「輝かしい記憶」全体の総括が必要であり（無論それは、20世紀の世界の総括を抜きにはできないのですが）、トラウマを癒したいがために「輝かしい記憶」にすがりつく衝動も克服しなければならないのではないかと考えます。

そのために歴史を見つめなければいけない。

歴史の大きな部分ではなく、小さな部分を見つめることで、日本と日本人を知りたい。

あえて言えば、自分たちが忘れている歴史を思い出したいのです。

テーマとしては大きすぎて、とてもそこまでできるとは思えないのですが、ただそんな気持で歴史の小さな光を見つめられたらと思っています。

とりあえず福岡でどこへ行くかですが、ひとつは皇極《こうぎょく》（斉明《さいめい》）天皇ゆかりの朝倉橘《たちばなの》広庭宮《ひろにわのみや》はどうでしょうか。

斉明6年（660）7月、親交が深かった朝鮮半島の百済《くだら》が、新羅《しらぎ》・唐《とう》の連合軍に亡ぼされ、10月に使者を遣し救済を要請してきました（古代における集団的自衛権の発動）。この要請を受けて、斉明天皇自らが援軍の先頭に立ち、高齢をおして筑紫へ向かった。

斉明天皇は、中大兄皇子《なかのおおえのおうじ》、弟の大海人皇子《おおあまのみこ》（天武《てんむ》天皇）、大田皇女《おおたのおうじょ》・額田王《ぬかたのおおきみ》らと共に、12月に、大和の国高市郡《たかいちぐん》後飛鳥岡本宮《のちのあすかおかもとのみや》を出発、難波宮《なにわのみや》に移った。年も明けた正月6日、難波の港から海路〝筑紫の国〟に向かい、3月25日那大津（博多）に着き、磐瀬行宮《いわせのかりみや》（三宅）に入り、5月9日には朝倉宮に移りました。

朝倉宮は博多湾から約40キロの距離にあり、いざというときは、豊後道を通って飛鳥への退路も確保されていました。

朝倉宮―日田―久須評―豊後国府―坂市（大分県坂ノ市）―伊予国石湯（道後温泉）―難波津―飛鳥

というルートです。那大津（博多）から40キロも内陸に、朝倉橘広庭宮を造ったことからも、斉明天皇一行の動揺振りが感じとれます。

朝倉宮の比定地は、朝倉町の須川地区、山田地区、杷木《はき》町の志波《しわ》台地でしょうか。

地元に訊かないとわからないですね。ただ、写真が山だけになってしまうのは困りますね。

能の「綾の鼓」も舞台は朝倉宮なので、そこらあたりもふれたいですが。

斉明天皇は、『日本書紀』に「古道を順考して政を為す」と評されています。雨乞いをするのに村々の祝《はふり》（神職）の教えに従い、「或は牛馬を殺し、諸社の神を祭る。或は頻《しきり》に市を移す。或は河伯《かわのかみ》（川の神）をいのる」という祭祀王だったようです。しかし側近官僚たちから「既に効《しるし》無し」といわれると、天皇は南淵の河上（飛鳥川の上流）に幸している。巫女王的な性格を持つ女帝がそこで「跪《ひざまづ》きて四方《よも》を拝し、天を仰ぎて祈る」と、「即ち雷、大雨ふる」とあります（皇極紀元年七・八月条）。四方を拝する風習は不老長生の神仙思想を中心にした道教でも認められます。斉明天皇には、この不老長生の道教思想が強く影響しているのかもしれません。

天皇が朝倉橘広庭宮に入った5月、朝倉宮には不穏な動きが現れていたと『日本書紀』にあります。

「朝倉社の木をきりはらいて、此の宮を作る故に、神怒りて殿を壊つ。亦、宮の中に鬼火あらわれぬ。是に由りて、大舎人及び諸の近侍、病みて死《みまか》れる者衆《おお》し」

7月24日、斉明天皇はここ朝倉橘広庭宮で亡くなる。

8月1日、中大兄皇子が天皇の遺体を磐瀬行宮に運ぶ時に、朝倉山の上に鬼が出て大笠を着て「喪《みも》の儀をみる」ということもあり「衆皆あやしぶ」という。

斉明天皇が死んで間もなく、朝倉橘広庭宮は廃墟になります。

もうひとつは幕末、馬関海峡をはさんだ長州藩と小倉藩の戦いです。

長州側から描かれがちな小倉戦争ですが、小倉藩側から見てみようかと。

小倉藩にとっては幕府の長州征討における小倉戦争は、幕末のヒーロー高杉晋作と坂本龍馬を相手にしなければならないもっとも割の悪い戦いでした。

小倉藩にしてみれば、ふんだり、蹴ったりの戦争でしたが、歴史はこのように動くのだ、ということを目の当たりにした戦争でもありました。

そのあたりが見どころかと。

※葉室メモの執筆当時、東京オリンピックは２０２０年開催を予定していたが、新型コロナウィルス感染症の世界的な大流行の影響で、２０２１年に延期された。

「あとがき」にかえて
時代詠う旅　思い引き継ぐ

佐々木亮

旅に出ようと思った。

そう書き出し、葉室麟さんの歴史紀行「曙光を旅する」は２０１５年4月、朝日新聞西部本社版で連載を開始した。私は企画の準備段階から3年近く、担当記者として一緒に旅をした。

実は葉室さんと初めてお目にかかったのは、そのほんの半年ほど前。葉室さんの新聞記者時代からの行きつけ、福岡県・西鉄久留米駅前の角打ち（立ち呑み屋）「オリーブ」のマスターの紹介だった。2度目に酒席でご一緒した際、思い切って切り出した。「司馬遼太郎さんが週刊朝日に連載した『街道をゆく』のような歴史紀行を」。すると、「そういうのをやってみたかったんだよ」。その場で即答で引き受けていただいた。ほどなく葉室さんから本書にも収録した「葉室メモ」がメールで届き、その意気込みに打たれ、勇み立った。

旅は月1回。連載の第1回（本書「旅のはじめに」）で、葉室さんはこう書いた。

遠隔地ではない。今まで生きてきた時間の中で通り過ぎてきた場所への旅だ。

出発の地に選んだのは小倉（北九州市）。約150年前に幕府軍が長州軍との激闘の末に敗れ、近代への岐路となった地だが、葉室さんが生まれ、小学5年までを過ごした街でもある。雨の中、葉室さんが子どものころに通った貸本屋の面影を探した。

葉室さんは、こうも書いた。

勝者ではなく敗者、あるいは脇役や端役の視線で歴史を見たい。歴史の主役が闊歩《かっぽ》する表通りではなく、裏通りや脇道、路地を歩きたかった。

そのまま葉室さんの小説に通じる言葉だろう。一連の旅で主に訪ねたのは、挫折や敗北を知る人、しかし屈することなく再生をめざした人たちだった。

連載第2回（本書では21頁）は母校・西南学院大学のある西新（福岡市）へ。キャンパス内の元寇《げんこう》防塁を見学し、13世紀の中国で強大な元に抗《あらが》った南宋の遺臣に思いを馳《は》せ、その詩が遥《はる》か後、海を越えて幕末の志士を奮い立たせたと論じた。この時は道すがら、葉室さんが大学の後輩とほぼ40年ぶりに再会する偶然があった。葉室さんはその後も、その場面を思い出す度に口にした。

「この旅はついている」

＊

時に遠くへ、時に近くへ、旅は計31回に及んだ。その間のインタビュー（２４１〜２４６頁）で、葉室さんは語った。

九州・山口・沖縄は、現代に至るまでの日本を考える材料がそろっています。幕末・明治維新から、戦後のエネルギー革命や公害、安保まで。旅をしながら各地を見ていると、日本の近代が浮かびあがってきます。

中でも思い出深いのが２０１５年の夏、「筑豊文庫」（福岡県鞍手町）の再訪だ。記録文学作家上野英信さんの活動拠点。葉室さんが学生時代に訪ね、直木賞受賞作『蜩《ひぐらし》ノ記』の主人公は、上野さんをイメージしながら書いたのはよく知られる。葉室さんは振り返った。

筑豊文庫を訪ねたひとには、晴子夫人の手料理と酒が出される。私には、「つくしの卵とじ」だった。「あなたが来るというので昼間、僕が近くの土手で取ってきたよ」。尊敬する英信さんに笑顔で言われて、若い私は胸がいっぱいになった。

ところで、「つくし」は漢字で、

――土筆

と書く。その姿形から当てられた字だとされるが、野に在って筆を執った上野さんから、後輩の葉室さんへの「贈り物」として、何と意味深かったことか。

上野さんの長男、朱《あかし》さんは語る。「つくしの卵とじをふるまわれた人は、何十人もいたでしょう。その味をずっと記憶し、励みにしてくれたところが、葉室さんらしい」

筑豊文庫再訪の旅が掲載されたのは戦後70年の8月15日。葉室さんにとって直木賞受賞後、最初で最後の訪問となった。

新聞記者時代に縁のあった作家の松下竜一さんの足跡を中津（大分県）に訪ね、川原一之さんには土呂久（宮崎県）の公害の跡を案内してもらった。２０１８年２月に90歳で亡くなられた石牟礼道子さんを初めて訪ねた後には、往時に石牟礼さんたちが集った熊本市の喫茶店兼酒場「カリガリ」で、水俣を取材する記者たちと夜更けまで話し込んだ。

沖縄にもこだわった。単身で事前リサーチに出向くほど熱を入れ、こう書いた。

戦後史を知るためには沖縄に行かなければならない。地方紙の記者をしていたころから、そんな思いがあった。機会がないままに過ぎていたが、ようやく念願がかなった。

地震後の熊本を歩いたのは、「九州に住む書き手として、被災地を見ておかないわけにはいかない」と、たっての願いからだった。余震を警戒しながら、ヘルメットをかぶって現地入りした。

こうしてたどると、単に歴史の舞台を探訪するだけでなく、葉室さんが今行くべき現場に行き、会いたかった人に会う旅だったと思える。若き日の「記者の心」が再び目覚めたかのようだった。

「頼みがある」

葉室さんに呼び出されのは、そんなころ、２０１７年初夏のことだ。

＊

呼び出された先は病院の一室だった。葉室さんは病のことや困難な闘いに挑む決意を明かし、うろたえる私に「旅は続ける。伴走してほしい」。それが頼みだった。

何かに似ている、と私は感じた。

そのころ、葉室さんは明治維新から150年を視野に日本の近代を丸ごと描こうと意欲を見せていた。幕末・維新を西郷隆盛を中心に描く『大獄　西郷青嵐賦』、松平春嶽の側から描く『天翔ける』を相次いで連載し、さらに同じ時代を大久保利通の視点でも描こうと構想していた。明治初期の女性群像『蝶のゆくへ』、外交官・陸奥宗光の半生を追う『暁天の星』（未完）にも取り組み、その先には司馬さんが『坂の上の雲』で描いた時代を書こうとしていた。旅を続けながら、そして治療の間の病室でも、パソコンと資料を手放さず、亡くなる間際まで執筆の意欲を失わなかった。

限られた命に真正面から向きあい、なお凜《りん》とした姿勢を崩さず、人と歴史を書き続ける。10年後の切腹を命じられ、死に対する静かな覚悟を秘めながら家譜をつづる『蜩ノ記』の主人公、戸田秋谷の姿そのものではないか。何かに似ていると感じたのは、このことだったのだ。「上野英信さんがモデル」と葉室さんは語っていたが、葉室さんこそがモデルだったのではないか。いや、すべての作品の登場人物のモデルは、葉室さん自身だったのだろう。

歴史小説は、自分に似た人を歴史の中に探して書きます。

葉室さんの言葉の意味を、今さらながら噛み締めている。

＊

時間を「旅のはじめに」に巻き戻そう。

葉室さんは唐の詩人杜甫の詩句「片雲頭上黒　応是雨催詩」（宴の最中、空に黒いちぎれ雲がかかり始めた。もうすぐ雨となり、詩を作るように促されるだろう）を引き、「この詩を時代に暗雲がかかる時は詩人の出番だ、と読み替えてみたら、どうだろう」と書いた後、こう続けた。

近頃の世の中の流れを見ていると頭上に黒雲がかかる思いがするし、今にも降りそうな雨の匂いもかいでいる。

杜甫の詩を読み替えたいのは、時代を詠《うた》う詩人は、今でいうジャーナリストの側面も持っていたのではないか、と思うからだ。

我々は、どのような時代に生きているのか、何を喜び、何を悲しんでいるのかを告げたのが、詩人ではないか。詩を読み、人の心が動くとき、世界が変わる。今は、そんな詩人が求められている時代だ。


明治維新から１５０年、そして平成が終わろうとする今は、葉室さんこそが求められていた。今なら、どこに旅をして、誰に会い、何を語ったろうか。惜しまれてならない。

だからこそ、曙光を探す旅を引き継いでいかなければ、と思う。

新たな旅は、葉室さんの言葉を受け取った読者一人ひとりの旅なのかもしれない。

２０１８年10月

（元朝日新聞記者、「曙光を旅する」連載担当）

地元の西鉄電車に乗って、出発

文庫版「あとがき」にかえて

佐々木亮

その時、葉室麟さんはきっぱりと言った。

「書くことがすべて」

２０１４年10月19日、私が葉室さんと出会った日のことだ。

日付まで記憶しているのは、この日が福岡県久留米市の北野天満宮の秋祭りの日だったからだ。日曜日で仕事が休みだった私は、西鉄久留米駅前の角打ち「オリーブ」（「『あとがき』にかえて」でも触れた、葉室さんの行きつけ）のマスターに誘われ、祭りを見物した後、地元の酒蔵「山の壽酒造」に出かけた。オリーブの常連たち（葉室さん唯一の公認ファンクラブ「そのひぐらしの会」のメンバー）が集まった酒席で、葉室さんと初めてお目にかかった。

葉室さんは文章と同様に語りも名手だった。自作について、お気に入りの小説や映画について、世間の耳目を集めている話題について縦横に語り、誰もが引き込まれた。私が新聞記者だと知ると、葉室さんは自身も元記者、それも文化・文芸を担当する学芸部ではなく、事件や街ネタを追う社会部畑の記者だったと明かされ、「記者としてやってきたことが、今の自分につながっている」と話した。

当時、私が所属していた新聞社は大きな失敗を重ね、かつてないほど厳しい批判を浴びていた。その話になった時、少し凹んでいた私に、葉室さんはこう言った。

「萎縮したり嫌気がさしたりして、書くことを止めたらおしまい。記者として、こんな時こそ何を書くかが問われる」

そして続けたのが、冒頭の言葉だ。

「書くことがすべて」

本書のもとになった新聞連載「曙光を旅する」の出発点は、単行本化の際に「『あとがき』にかえて」で書いた通りだが、私が企画を思い立ったのは、葉室さんの人柄と作品に魅せられたのはもとより、あの日の言葉に励まされたからだった。いま、葉室さんに伴走した日々、命と向き合いながら旅を続け、書くことを止めなかった姿を振り返ると、あの言葉は葉室さんが自身に向けて発した言葉でもあったのだと思う。

あの日から9年。この間、葉室さんのみならず、一緒にお訪ねし、本書にも登場された古川薫さん、大城立裕さん、石牟礼道子さん、渡辺京二さんが亡くなられた。謹んでご冥福をお祈りいたします。

今回、各章末の解説を一部加筆修正した。その作業のために読み返して、本書こそ葉室さんの早すぎる集大成だと再認識した。元からのファンは作品の背景や葉室さんの思索の跡をたどれるとともに、新たなファンには作品世界へといざなうブックガイドになるだろう。

文庫化を機に本書がさらに多くの読者と出会い、曙光を探す旅が引き継がれていくことを願っている。そして、私自身も旅を引き継ぐ者の一人だとの思いをあらためて強くしている。

２０２３年10月

父と旅

葉室涼子

父はせっかちなひとだった、と書くと意外に感じる方も多いだろうか。性格は温和で、人と話す時間をこよなく愛する寂しがり屋だった。仕事の飲み会とあれば、都合をつけて出かけてゆき、二次会、三次会にまで顔を出す。しかしプライベートでは、家族とゆっくりと食事を楽しむことはあまりなく、食べ終わると先に一人で仕事場に向かうような一面があった。遠出しても旅情を味わうどころか、「何時に帰るのか」とそわそわしだす。デビュー当時から父は、限られた時間をどれくらい執筆に充てられるか、という危機感を常に持っている節があった。飲み会の後でも、締め切りが近ければ仕事場に戻って原稿に向き合い、新幹線や飛行機で移動する間を惜しんでパソコンを開いていた。

そんな父が旅に出るようになったのは、「曙光を旅する」の連載が始まった二〇一五年春のことである。その前の年の秋、久留米の「オリーブ」の縁で佐々木亮さんと運命の出会いを得てから、父のフットワークは軽くなった。京都に仕事場を構えると決めたのも、同じ頃だったと記憶している。主に九州を巡る旅に出ようとしているにも関わらず、六十四歳にして京都に第二の拠点をつくったのだ。日本の歴史の中心で暮らしてみたかったからだろう。父は曙光の旅を中心にスケジュールを組み、福岡、京都、時に東京を行ったり来たりするようになった。

旅に出る日は、遠足を待ちきれない少年のように、朝早くからリュックを背負い、スニーカーを履いていた。その足取りは軽く、どこへでも行けそうだった。私たち家族はそんな父を見て、「大人の修学旅行だね」、と笑いながら見送った。

父はタイミングが合うと、私を荷物持ちの運転手として旅に同行させてくれた。念のため説明させていただくと、私は本書『曙光を旅する』に登場する「高校の教師をしている次女」（２１２頁）ではない。言わば父のサポーターだった長女である。「福岡に執筆できる場所が欲しい」と望まれれば、天神のレンタルオフィスを契約し、「京都に住んでみたい」と打ち明けられれば、現地に赴き不動産屋を回って物件を探す。父の仕事場を整え、夢を応援するのが私の役割だった。余談だが、普段「一番楽しいときは？」と尋ねると、父は決まって「コーヒーを飲みながら小説のことを考えるとき」と答えた。京都に仕事場を構えたとき、フクロウが描かれたコーヒーカップを贈った。父はとても喜び、自分の好きなカプセルをコーヒーメーカーにセットし、おいしいコーヒーを楽しんでいた。

父との旅の思い出は、東北から南九州まで広範囲にわたる。もっとも記憶に残っているのは山形の旅だ。二〇一四年の夏、父は小説講座の講師として山形に招かれた。福岡から山形まで飛行機の直行便はない。私たちは、まず宮城県の仙台空港に向かい、そこからレンタカーで月山を越えることにした。父はどちらかと言うと、運転が得意ではない。このときも後部座席で、ゆらりゆらりと頭を動かしまどろんでいた。

山形に到着すると、担当編集者のKさんが出迎えてくれた。Kさんの案内で書店のサイン会を終えてから、小説講座の会場に向かう。この講座の講義録は『読書の森で寝転んで』（文春文庫）に収録されている。講座を終えた夜は関係者のみなさんと地酒を楽しみ、へべれけになってホテルに戻ってきた。

九州男児らしく二日酔い知らずで、翌朝は早くから元気に斎藤茂吉記念館に赴いた。ロビーに設置された朗詠機からは、茂吉の力強い肉声が聞こえてきた。目を瞑《つぶ》って聴きながら父は、

「詩は目で読むだけでなく、声に出すことで命が吹き込まれる」

と教えてくれた。なるほど、と感動し、勧められるまま『赤光』（新潮文庫）を買い求めた。

さらにレンタカーを走らせ、鶴岡市の藤沢周平記念館を訪れた。ガラス張りの綺麗な建物で、著作本が並べられた本棚の展示は圧巻だった。再現された書斎の前で、父は作家としてどうありたいかを静かに語った。

最終日は飛行機の時間まで余裕があったので、鶴岡市立加茂水族館まで足をのばした。父と水族館に行くのは二十年ぶりだろうか。幻想的なクラゲの水槽に見入る私の隣で、早く帰りたいオーラを醸し出す父。クラゲと一緒に撮った父の表情は、実に退屈そうだった。

曙光を旅する中で撮影された父のまなざしは、しっかりと自分の進むべき道を見つめている。旅の中で見たいものを見て、会いたい人との縁《えにし》を結ぶことができたからだろう。父とはもう六年も会っていないが、きっと今もどこか旅に出ているに違いない。

葉室麟を曙光の旅に連れ出してくださった佐々木さんをはじめ、本書の制作に携わってくださったすべての方に、心から御礼申し上げます。

本書を読んでくださったみなさま、本当にありがとうございました。

二〇二三年十月

本書に登場する人物の肩書や年齢、地名や施設名などは原則として、新聞・雑誌掲載当時のものです。

葉室麟　著作一覧

〈小説〉

『乾山晩愁』（二〇〇五年十月　新人物往来社／二〇〇八年十二月　角川文庫）

『実朝の首』（二〇〇七年五月　新人物往来社／二〇一〇年五月　角川文庫）

『銀漢の賦』（二〇〇七年七月　文藝春秋／二〇一〇年二月　文春文庫）

『風渡る』（二〇〇八年六月　講談社／二〇一二年五月　講談社文庫）

『いのちなりけり』（二〇〇八年八月　文藝春秋／二〇一一年二月　文春文庫）

『秋月記』（二〇〇九年一月　角川書店／二〇一一年十二月　角川文庫）

『風の王国　官兵衛異聞』（二〇〇九年九月　講談社／二〇一三年二月　講談社文庫＊文庫は『風の軍師　黒田官兵衛』に改題）

『花や散るらん』（二〇〇九年十一月　文藝春秋／二〇一二年十月　文春文庫）

『オランダ宿の娘』（二〇一〇年三月　早川書房／二〇一二年四月　ハヤカワ文庫）

『柚子の花咲く』（二〇一〇年六月　朝日新聞出版／二〇一三年十月　朝日文庫）

『橘花抄』（二〇一〇年十月　新潮社／二〇一三年五月　新潮文庫）

『川あかり』（二〇一一年一月　双葉社／二〇一四年二月　双葉文庫）

『恋しぐれ』（二〇一一年二月　文藝春秋／二〇一三年八月　文春文庫）

『刀伊入寇　藤原隆家の闘い』（二〇一一年六月　実業之日本社／二〇一四年四月　実業之日本社文庫）

『星火瞬く』（二〇一一年八月　講談社／二〇一四年八月　講談社文庫）
『蜩ノ記』（二〇一一年十一月　祥伝社／二〇一三年十一月　祥伝社文庫）
『冬姫』（二〇一一年十二月　集英社／二〇一四年十一月　集英社文庫）
『無双の花』（二〇一二年一月　文藝春秋／二〇一四年七月　文春文庫）
『散り椿』（二〇一二年三月　角川書店／二〇一四年十二月　角川文庫）
『霖雨』（二〇一二年五月　ＰＨＰ研究所／二〇一四年十一月　ＰＨＰ文芸文庫）
『千鳥舞う』（二〇一二年七月　徳間書店／二〇一五年一月　徳間文庫）
『この君なくば』（二〇一二年十月　朝日新聞出版／二〇一五年十月　朝日文庫）
『螢草』（二〇一二年十二月　双葉社／二〇一五年十一月　双葉文庫）
『おもかげ橋』（二〇一三年一月　幻冬舎／二〇一五年六月　幻冬舎時代小説文庫）
『春風伝』（二〇一三年二月　新潮社／二〇一五年十月　新潮文庫）
『陽炎の門』（二〇一三年四月　講談社／二〇一六年四月　講談社文庫）
『月神』（二〇一三年七月　角川春樹事務所／二〇一五年八月　ハルキ文庫）
『さわらびの譜』（二〇一三年九月　角川書店／二〇一五年十二月　角川文庫）
『潮鳴り』（二〇一三年十一月　祥伝社／二〇一六年五月　祥伝社文庫）
『山桜記』（二〇一四年一月　文藝春秋／二〇一六年七月　文春文庫）
『紫匂う』（二〇一四年四月　講談社／二〇一六年十月　講談社文庫）
『天の光』（二〇一四年六月　徳間書店／二〇一六年十二月　徳間文庫）

『緋の天空』（二〇一四年八月　集英社／二〇一七年五月　集英社文庫）
『風花帖』（二〇一四年十月　朝日新聞出版／二〇一六年十月　朝日文庫）
『峠しぐれ』（二〇一四年十二月　双葉社／二〇一七年十一月　双葉文庫）
『影踏み鬼　新撰組篠原泰之進日録』（二〇一五年一月　文藝春秋／二〇一七年十月　文春文庫）
『春雷』（二〇一五年三月　祥伝社／二〇一七年九月　祥伝社文庫）
『山月庵茶会記』（二〇一五年四月　講談社／二〇一七年四月　講談社文庫）
『蒼天見ゆ』（二〇一五年五月　ＫＡＤＯＫＡＷＡ／二〇一七年十二月　角川文庫）
『鬼神の如く　黒田叛臣伝』（二〇一五年八月　新潮社／二〇一八年十月　新潮文庫）
『風かおる』（二〇一五年九月　幻冬舎／二〇一八年四月　幻冬舎時代小説文庫）
『草雲雀』（二〇一五年十月　実業之日本社／二〇一八年十二月　実業之日本社文庫）
『はだれ雪』（二〇一五年十二月　ＫＡＤＯＫＡＷＡ／二〇一八年八月　角川文庫＊上下巻）
『神剣　人斬り彦斎』（二〇一六年二月　角川春樹事務所／二〇一八年六月　ハルキ文庫）
『辛夷の花』（二〇一六年四月　徳間書店／二〇一九年二月　徳間文庫）
『秋霜』（二〇一六年五月　祥伝社／二〇一九年四月　祥伝社文庫）
『津軽双花』（二〇一六年七月　講談社／二〇一九年十二月　講談社文庫）
『孤篷のひと』（二〇一六年九月　ＫＡＤＯＫＡＷＡ／二〇一九年八月　角川文庫）
『あおなり道場始末』（二〇一六年十一月　双葉社／二〇一九年六月　双葉文庫）
『墨龍賦』（二〇一七年二月　ＰＨＰ研究所／二〇一九年十一月　ＰＨＰ文芸文庫）

『風のかたみ』(二〇一七年三月　朝日新聞出版/二〇二〇年十月　朝日文庫)
『潮騒はるか』(二〇一七年五月　幻冬舎/二〇二〇年六月　幻冬舎時代小説文庫)
『嵯峨野花譜』(二〇一七年七月　文藝春秋/二〇二〇年四月　文春文庫)
『草笛物語』(二〇一七年九月　祥伝社/二〇二〇年九月　祥伝社文庫)
『大獄　西郷青嵐賦』(二〇一七年十一月　文藝春秋/二〇二〇年十二月　文春文庫)
『天翔ける』(二〇一七年十二月　KADOKAWA/二〇二一年二月　角川文庫)
『玄鳥さりて』(二〇一八年一月　新潮社/二〇二一年十月　新潮文庫)
『雨と詩人と落花と』(二〇一八年三月　徳間書店/二〇二〇年一月　徳間文庫)
『青嵐の坂』(二〇一八年五月　KADOKAWA/二〇二一年八月　角川文庫)
『蝶のゆくへ』(二〇一八年八月　集英社/二〇二一年六月　集英社文庫)
『影ぞ恋しき』(二〇一八年九月　文藝春秋/二〇二一年四月　文春文庫*上下巻)
『暁天の星』(二〇一九年六月　PHP研究所/二〇二二年七月　PHP文芸文庫)
『星と龍』(二〇一九年十一月　朝日新聞出版/二〇二二年十月　朝日文庫)
『約束』(二〇二一年十二月　文春文庫)

〈随筆他〉
『随筆集　柚子は九年で』(二〇一二年四月　西日本新聞社/二〇一四年三月　文春文庫)
『日本人の肖像』(二〇一六年八月　講談社)

『古都再見』（二〇一七年六月　新潮社／二〇二〇年三月　新潮文庫）
『河のほとりで』（二〇一八年二月　文春文庫）
『葉室麟　洛中洛外をゆく。』（二〇一八年六月　KKベストセラーズ／二〇二二年二月　角川文庫
　＊文庫は『洛中洛外をゆく』に改題）
『曙光を旅する』（二〇一八年十一月　朝日新聞出版／二〇二三年十二月　文春文庫）
『読書の森で寝転んで』（二〇二三年六月　文春文庫）

＊二〇二三年十月時点の情報です。
＊二次文庫は含めておりません。

初出

朝日新聞（西部本社版）　二〇一五年四月十一日～二〇一七年十一月十一日、二〇一八年三月十日

時勢に流されず（高嶺朝一）　単行本に書き下ろし

土筆摘む背中 追いかけて　朝日新聞　二〇一二年一月二十三日

蜩と沈黙の壺（上野朱）　単行本に書き下ろし

近代の闇 先に見たものは（川原一之）　朝日新聞（西部本社版）二〇一八年二月十日

小説世界 九州の地から　朝日新聞（西部本社版）二〇一六年一月五日

「垂直方向」へ赴くこだわり（東山彰良）　朝日新聞（西部本社版）二〇一八年二月十日

熊本の友へ　「緊急復刊アサヒグラフ九州・熊本大地震」二〇一六年四月

憲法への深い見識に驚き（南野森）　朝日新聞（西部本社版）二〇一八年二月十日

「司馬さんの先」私たちの役目　朝日新聞（福岡県内版）二〇一七年四月一日

単行本

二〇一八年十一月　朝日新聞出版

カバー写真　提供　朝日新聞社
本文写真　提供　朝日新聞社
17、20、158（2枚）、174、200、201、240ページ
本文写真　提供　葉室麟事務所（佐々木亮撮影）
210、263ページ
DTP制作　エヴリ・シンク

文春文庫

曙《しよ》光《こう》を旅《たび》する

定価はカバーに
表示してあります

2023年12月10日　第1刷

著　者　葉《は》室《むろ》麟《りん》

発行者　大沼貴之
発行所　株式会社　文藝春秋

東京都千代田区紀尾井町 3-23　〒102-8008
TEL 03・3265・1211㈹
文藝春秋ホームページ　http://www.bunshun.co.jp

落丁、乱丁本は、お手数ですが小社製作部宛お送り下さい。送料小社負担でお取替致します。

印刷・図書印刷　製本・加藤製本

Printed in Japan
ISBN978-4-16-792147-7

文春文庫　葉室麟の本

（　）内は解説者。品切の節はご容赦下さい。

葉室 麟
銀漢の賦
江戸中期、西国の小藩で同じ道場に通った少年三人。不名誉な死を遂げた父を持つ藩士・源五の友は、名家老に出世していた。彼の窮地を救うために源五は……。松本清張賞受賞作。（島内景二）
は-36-1

葉室 麟
いのちなりけり
自ら重臣を斬殺した水戸光圀は、翌日一人の奥女中を召しだした。この際、御家の禍根を断つべし——。肥前小城藩主への書状の真意は。一組の夫婦の絆の物語が動き出す。（縄田一男）
は-36-2

葉室 麟
花や散るらん
京で平穏に暮らしていた雨宮蔵人と咲弥。二人は朝廷と幕府の暗闘に巻き込まれ、江戸へと向かう。赤穂浪士と係り、遂には吉良邸討ち入りに立ち会うことになるのだが……。（島内景二）
は-36-3

葉室 麟
恋しぐれ
老境を迎えた与謝蕪村。俳人、画家として名も定まり、よき友人や弟子たちに囲まれ、悠々自適に暮らす彼に訪れた最後の恋。新たな蕪村像を描いた意欲作。（内藤麻里子）
は-36-4

葉室 麟
随筆集
柚子は九年で
西日本新聞掲載の文章を中心とした著者初の随筆集。墓場鬼太郎、如水、るしへる、身余堂、散椿、龍馬伝、三島事件、志在千里など、とりどりのテーマに加え、短編「夏芝居」を収録。
は-36-5

葉室 麟
無双の花
関ヶ原の戦いで西軍に与しながら、旧領に復することのできたただ一人の大名・立花宗茂。九州大友家を支える高橋紹運の嫡男、宗茂の波乱万丈の一生を描いた傑作。（植野かおり）
は-36-6

葉室 麟
山桜記
命の危険を顧みず、男は妻のため出兵先の朝鮮半島から日本へ還る（「汐の恋文」）。大名の座を捨て、男は妻と添い遂げた（「花の陰」）。戦国時代の秘められた情愛を描く珠玉の短編集。（澤田瞳子）
は-36-7

（　）内は解説者。品切の節はご容赦下さい。

安西水丸
ちいさな城下町
有名無名を問わず、水丸さんが惹かれてやまなかった村上市・行田市・中津市・高梁市など二十一の城下町。歴史的事件や人物の逸話、四コマ漫画も読んで楽しい旅エッセイ。（松平定知）
あ-73-1

赤塚隆二
清張鉄道1万3500キロ
「点と線」「ゼロの焦点」などの松本清張作品を「乗り鉄」の視点で徹底研究。作中の誰が、どの路線に最初に乗ったのかという「初乗り」から昭和の日本が見えてくる。（酒井順子）
あ-89-1

植村直己
エベレストを越えて
一九八四年二月、マッキンリーに消えた不世出の冒険家が、一九七〇年の日本人初登頂をはじめ、五回にわたる挑戦を通じて人類を魅きつけてやまないエベレストの魅力のすべてを語る。
う-1-5

植村直己
青春を山に賭けて
エベレスト、モン・ブラン、キリマンジャロ、アコンカグアなど五大陸最高峰の世界初登頂の記録と、アマゾン六千キロに挑むイカダ下り。世紀の冒険野郎の痛快な地球放浪記。（西木正明）
う-1-6

植村直己
極北に駆ける
南極大陸横断をめざす植村直己。極地訓練のために過ごした地球最北端に住むイヌイットとの一年間の生活、彼らとの友情、そして大氷原三〇〇〇キロ単独犬ぞり走破の記録！（大島育雄）
う-1-7

岡田光世
ニューヨークのとけない魔法
東京とニューヨーク。同じ大都会の孤独でもこんなに違う。お節介で、図々しくて、孤独な人たち。でもどうしようもなく惹きつけられてしまうニューヨークの魔法とは？（立花珠樹）
お-41-1

大竹昭子
須賀敦子の旅路
ミラノ・ヴェネツィア・ローマ、そして東京
旅するように生きた須賀敦子の足跡を生前親交の深かった著者がたどり、その作品の核心に迫る。そして、初めて解き明かされる作家・須賀敦子を育んだ「空白の20年」。（福岡伸一）
お-74-1

（　）内は解説者。品切の節はご容赦下さい

角田光代
降り積もる光の粒
旅好きだけど旅慣れない。そんな姿勢で出会う人や出来事。三陸からアフリカ、パリ、バンコク。美食を楽しむ日もあれば、世界最貧国で危険を感じる。旅にまつわる珠玉のエッセイ。
か-32-14

角幡唯介
探検家の憂鬱
チベットから富士山、北極……。「生のぎりぎりの淵をのぞき見ても、もっと行けたんじゃないかと思ってしまう」探検家・角幡唯介にとって、生きるとは何か。孤高のエッセイ集。
か-67-1

角幡唯介
極夜行
太陽の昇らない冬の北極を旅するという未知の冒険。極寒の闇の中でおきたことはすべてが想定外だった。犬一匹と橇を引き、4カ月ぶりに太陽を見たとき、何を感じたのか。（山極壽一）
か-67-3

角幡唯介
極夜行前
天測を学び、犬を育て、海象に襲われた。本屋大賞ノンフィクション本大賞、大佛次郎賞をW受賞した超話題作『極夜行』。その「エピソード1」といえる350日のすべて。（山口将大）
か-67-4

沢木耕太郎
貧乏だけど贅沢
人はなぜ旅をするのか？　井上陽水、阿川弘之、群ようこ、高倉健など、全地球を駆けめぐる豪華な十人と、旅における「贅沢な時間」をめぐって語り合う。著者初の対談集。（此経啓助）
さ-2-18

原田マハ
ハグとナガラ
女同士は四十代を過ぎてからが面白い!?　大学時代の同級生で十四年ぶりに再会したハグとナガラ。転職、別離、介護……。人生半ばを前にした、女ふたりの六つの旅物語。（阿川佐和子）
は-40-5

星野道夫
旅をする木
正確に季節が巡るアラスカの大地と海。そこに住むエスキモーや白人の陰翳深い生と死を味わい深い文章で描く。「アラスカとの出合い」『カリブーのスープ』など全三十三篇。（池澤夏樹）
ほ-8-1

文春文庫　旅のたのしみ

（　）内は解説者。品切の節はご容赦下さい。

星野道夫
長い旅の途上
シベリアで取材中、クマに襲われて亡くなった著者が残した76篇のエッセイ。過酷な大地を見守り続けた写真家が綴った、人間と自然が織りなす緊張感に満ちた優しい眼差しと静謐な世界。

ほ-8-2

星野道夫
魔法のことば
自然と旅を語る
アラスカに魅了されて大自然と動物、人々の暮らしを撮りつづけた星野道夫が、青春の日々からアラスカの四季、人々の叡智までを語った全十本の講演集。カラー写真多数収録。（池澤夏樹）
ほ-8-3

星野道夫
森と氷河と鯨
ワタリガラスの伝説を求めて
アラスカに伝わる〝ワタリガラスの神話〟に惹かれて始まった旅は、偶然の出会いから、思いがけず遠大な帰郷の航海になった。星野道夫が遺した魂の旅の記録。カラー写真満載。（池澤夏樹）
ほ-8-4

星野博美
転がる香港に苔は生えない
中国返還直前の香港。街の安アパートに暮らす著者が、夢を見続けることをやめない香港の人々の素顔を追った、二年間の記録。第三十二回大宅壮一ノンフィクション賞受賞作。

ほ-11-2

村上春樹・吉本由美・都築響一
東京するめクラブ　地球のはぐれ方
村上隊長を先頭に、好奇心の赴くまま「ちょっと変な」所を見てまわった、トラベルエッセイ。挑んだのは魔都・名古屋、誰も知らない江の島、ゆる〜いハワイ、最果てのサハリン……。

む-5-8

横尾忠則
インドへ
ビートルズに触発され、三島由紀夫に決定づけられて訪れたインド。芸術家の過敏な感性をコンパスとして、宇宙と自己、自然と芸術を考える異色旅行記。カラー口絵二十二ページ付。

よ-2-1

若林正恭
表参道のセレブ犬とカバーニャ要塞の野良犬
「別のシステムで生きる人々を見たい」。多忙な著者は5日間の夏休み、一人キューバに旅立った。特別書下ろし3編「モンゴル」「アイスランド」「コロナ後の東京」収録。（DJ松永）
わ-25-1

（　）内は解説者。品切の節はご容赦下さい。

安部龍太郎
等伯（上下）
武士に生まれながら、天下一の絵師をめざして京に上り、戦国の世でたび重なる悲劇に見舞われつつも、己の道を信じた長谷川等伯の一代記を描く傑作長編。直木賞受賞。（島内景二）
あ-32-4

安部龍太郎
宗麟の海
信長より早く海外貿易を行い、硝石、鉛を輸入、鉄砲をいち早く整備。宣教師たちの助力で知力と軍事力を駆使して瞬く間に九州を制覇した大友宗麟の姿を描く歴史叙事詩。（鹿毛敏夫）
あ-32-8

安部龍太郎
海の十字架
銀と鉄砲とキリスト教が彼らの運命を変えた。長尾景虎、大村純忠ら乱世を生き抜いた六人の戦国武将たち。大航海時代とリンクした、まったく新しい戦国史観で綴る短編集。（細谷正充）
あ-32-9

安能　務
始皇帝
中華帝国の開祖
始皇帝は〝暴君〟ではなく〝名君〟だった!?　世界で初めて政治力学を意識し中華帝国を創り上げた男。その人物像に迫りつつ、現代にも通じる政治学を解きあかす一冊。（冨谷　至）
あ-33-4

浅田次郎
壬《み》生《ぶ》義《ぎ》士《し》伝《でん》（上下）
「死にたぐねえから、人を斬るのす」――生活苦から南部藩を脱藩し、壬生《みぶ》浪と呼ばれた新選組で人の道を見失わず生きた吉村貫一郎の運命。第十三回柴田錬三郎賞受賞。（久世光彦）
あ-39-2

浅田次郎
一刀斎夢録（上下）
怒濤の幕末を生き延び、明治の世では警視庁の一員として西南戦争を戦った新選組三番隊長・斎藤一の眼を通して描き出される感動ドラマ。新選組三部作ついに完結！（山本兼一）
あ-39-12

浅田次郎
黒書院の六兵衛（上下）
江戸城明渡しが迫る中、てこでも動かぬ謎の武士ひとり。勝海舟や西郷隆盛も現れて、城中は右往左往。六兵衛とは一体何者か？　笑って泣いて感動の結末へ。奇想天外の傑作。（青山文平）
あ-39-16

（　）内は解説者。品切の節はご容赦下さい。

浅田次郎
大名倒産
（上下）

天下泰平260年で積み上げた藩の借金25万両。先代は「倒産」で逃げ切りを狙うが、クソ真面目な若殿は――奇跡の「経営再建」は成るか？　笑いと涙の豪華エンタメ！（対談・磯田道史）

あ-39-20

あさのあつこ
燦《さん》 ｜1｜ 風の刃《やいば》

疾風のように現れ、藩主を襲った異能の刺客・燦。彼と剣を交えた家老の嫡男・伊月。別世界で生きていた二人には隠された宿命があった。少年の葛藤と成長を描く文庫オリジナルシリーズ。

あ-43-5

あさのあつこ
火群《ほむら》のごとく

兄を殺された林弥は剣の稽古の日々を送るが、家老の息子・透馬と出会い、政争と陰謀に巻き込まれる。小舞藩を舞台に少年の友情と成長を描く、著者の新たな代表作。（北上次郎）

あ-43-12

青山文平
白樫の樹の下で

田沼意次の時代から清廉な松平定信の息苦しい時代への過渡期。いまだ人を斬ったことのない貧乏御家人が名刀を手にしたとき、何かが起きる。第18回松本清張賞受賞作。（島内景二）

あ-64-1

青山文平
つまをめとらば

去った女、逝った妻……瞼に浮かぶ、獰猛なまでに美しい女たちの面影は男を惑わせる。江戸の町に乱れ咲く、男と女の性と業。女という圧倒的リアル！　直木賞受賞作。（瀧井朝世）

あ-64-3

朝井まかて
銀の猫

嫁ぎ先を離縁され「介抱人」として稼ぐお咲。年寄りたちに人生を教わる一方で、妾奉公を繰り返し身勝手に生きてきた、自分の母親を許せない。江戸の介護を描く傑作長編。（秋山香乃）

あ-81-1

朝松　健
血と炎の京《みやこ》
私本・応仁の乱

応仁の乱は地獄の戦さだった。花の都は縦横に走る塹壕で切り刻まれ、唐土の殺戮兵器が唸る。戦場を走る復讐鬼・道賢と、救いを希う日野富子を描く書下ろし歴史伝奇。田中芳樹氏推薦。

あ-85-1

井上ひさし
手鎖心中
材木問屋の若旦那、栄次郎は、絵草紙の人気作者になりたいと願うあまり馬鹿馬鹿しい騒ぎを起こし……歌舞伎化もされた直木賞受賞作。表題作ほか「江戸の夕立ち」を収録。（中村勘三郎）
い-3-28

井上ひさし
東慶寺花だより
離縁を望み決死の覚悟で鎌倉の「駆け込み寺」へ——女たちの事情、強さと家族の絆を軽やかに描いて胸に迫る涙と笑いの時代連作集。著者が十年をかけて紡いだ遺作。（長部日出雄）
い-3-32

池波正太郎
火の国の城（上下）
関ヶ原の戦いに死んだと思われていた忍者、丹波大介は雌伏五年、傷ついた青春の血を再びたぎらせる。家康の魔手から加藤清正を守る大介と女忍び於蝶の大活躍。（佐藤隆介）
い-4-78

池波正太郎
秘密
家老の子息を斬殺し、討手から身を隠して生きる片桐宗春。だが人の情けに触れ、医師として暮すうち、その心はある境地に達する——。最晩年の著者が描く時代物長篇。（里中哲彦）
い-4-95

池波正太郎
その男（全三冊）
杉虎之助は大川に身投げをしたところを謎の剣士に助けられる。こうして〝その男〟の波瀾の人生が幕を開けた——。幕末から明治へ、維新史の断面を見事に剔る長編。（奥山景布子）
い-4-131

稲葉　稔
武士の流儀（一）
元は風烈廻りの与力の清兵衛は、倅に家督を譲っての若隠居生活。平穏が一番の毎日だが、若い侍が斬りつけられる現場に居合わせたことで、遺された友の手助けをすることになり……。
い-91-12

伊東　潤
王になろうとした男
信長の大いなる夢にインスパイアされた家臣たち。毛利新助、原田直政、荒木村重、津田信澄、黒人の彌介。いつ寝首をかくか、かかれるかの時代の峻烈な生と死を描く短編集。（高橋英樹）
い-100-1

文春文庫　最新刊